逆行した悪役令嬢は、
深窓の令嬢になります6
なぜか
魔力を
失ったので

リカルド・オルタ
オルタ国の第二王子。いつも穏やかでどこか大人の余裕を感じさせる雰囲気がある。国一番と言われるほどの闇の魔術の使い手。
ルイ・デュトワ
デュトワ国の第一王子。いつも冷静で王族としての立場を忘れない。ラシェルの婚約者で溺愛している。事件を追う中で、優しいラシェルと冷静な自分の考え方の差に悩む。
ラシェル・マルセル
マルセル侯爵家の元悪役令嬢。デュトワ国の第一王子であるルイの婚約者であり、闇の精霊クロの契約者でもある。もう一つの世界で起こった事件を巡り、ルイと距離が開いてしまう。
主な登場人物

テオドール・カミュ
カミュ侯爵家の嫡男で、魔術師団に所属。人をからかうのが好きで、物事を面白い方向に進めたがる。精霊から懐かれやすい。
ジョアンナ・バンクス
オーレリアからの信頼が厚い侍女。輿入れの際オーレリアと共にデュトワ国へ渡った。優雅で気品があり、ラシェルの憧れの存在でもある。
オーレリア・デュトワ
デュトワ国王妃。16歳でオルタ国からデュトワ国に嫁いだ。引っ込み思案で臆病な性格。必要最低限にしか表舞台に姿を現さない。

Contents

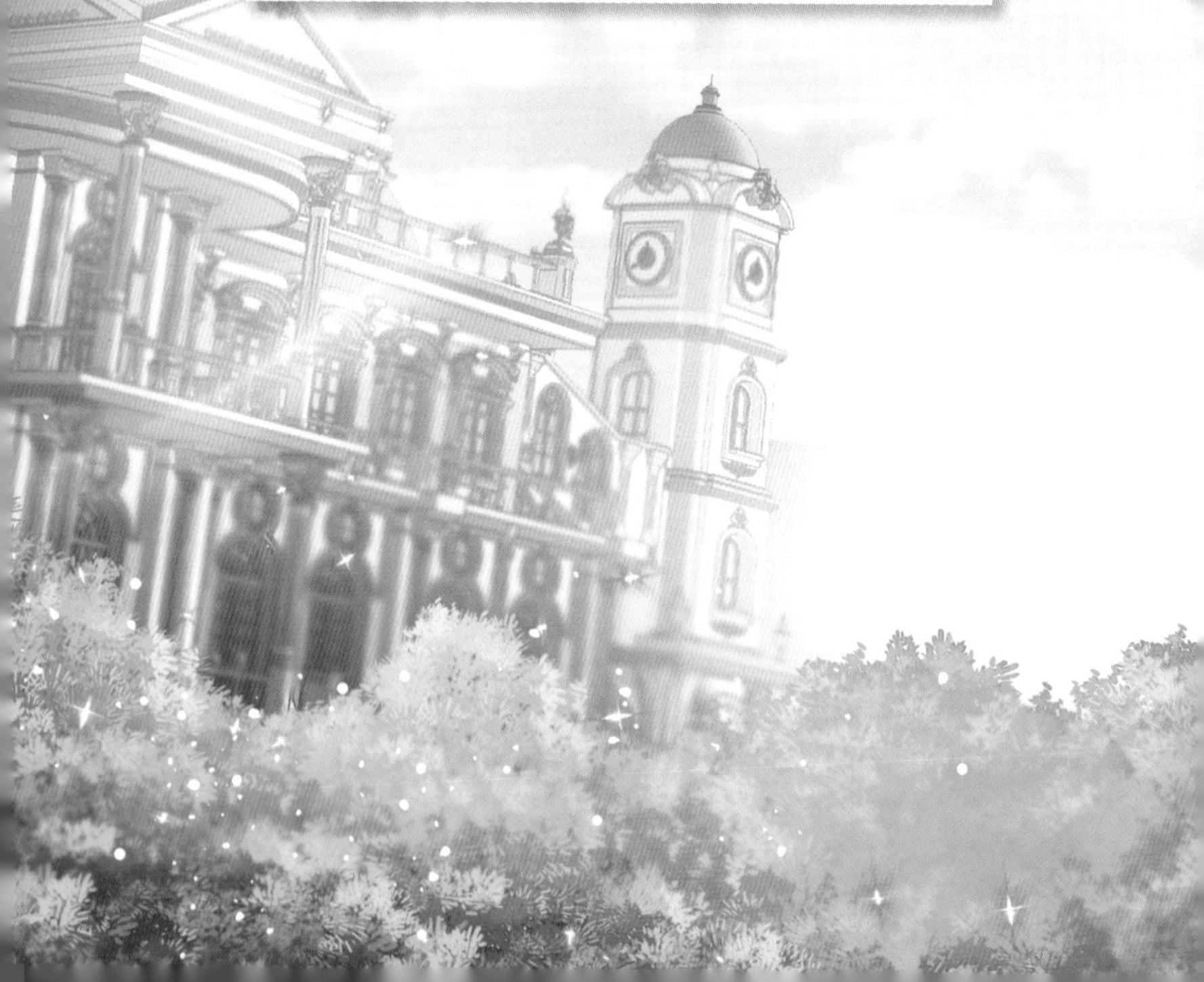

逆行した悪役令嬢は、なぜか魔力を失ったので深窓の令嬢になります

6

蒼伊

イラスト
RAHWIA

1章　王妃オーレリアと侍女

闇《やみ》の精霊の地から戻った私とルイ様は、テオドール様と共に、オルタ国王妃ミネルヴァ様の動向を注意深く追っていた。

ルイ様が瀕死《ひんし》の状態に陥った原因であるミネルヴァ様を野放しにするのは、危険なことかもしれない。それでも、オルタ国滞在を延ばしたのだった。

なぜそうまでして、この国に残ることを決意したのか。それは、私の前世――つまりは、並行世界の私の死の真相が、この世界においても危険因子として残っているからだ。

それが私の今後を左右し、いつか重大な事件の引き金となるのではないかと、危惧《きぐ》したからだった。

そんな私は、今朝《けさ》からずっとソワソワと扉の前を歩き回っていた。

「ラシェル嬢、落ち着きなよ」

「分かっています。分かっていますが……無事に到着するまでは、心配で……」

落ち着きのない私に、優雅にソファーに腰を下ろすテオドール様が呆《あき》れたように言う。

「そんなに心配しなくても、大丈夫だって。もう着いたって連絡来たじゃん」

「もちろん。それは分かっているのですが……」

なおも言い募《つの》る私に、テオドール様は苦笑しながら肩を竦《すく》めた。

私が今、落ち着きがない原因。それは、とある人物を待ち侘《わ》びているからに他ならない。

朝からずっと窓の外を眺《なが》め、廊下に出てはキョロキョロと辺《あた》りを見渡す。そんな私の様子をずっと見ていたテオドール様は、最初こそおかしそうに観察していたが、次第に呆れるように笑い始めた。

ついには、同じやり取りに飽きてしまったらしい。

「ほら、そんなに気にしてたら疲れるだろ。1回座ったら？」

「はい……そうですね」

テオドール様の言うことは、確かに間違いない。私は助言通りに、心を落ち着かせるように近くにあった一人掛けのソファーに腰を沈めた。置かれていたフカフカのクッションを腕に抱えながら、深呼吸をする。

何だか少し落ち着いたかも。そう思ったのも束《つか》の間《ま》。

──コンコンッ
ノックの音に、慌《あわ》てて立ち上がったと同時に、抱えたクッションを床に落としてしまった。

「ははっ！　ラシェル嬢、慌てすぎ」

「き、来ました！」

「あぁ。ほら、返事をしたら？」

ノックの音に返事をすると、ドアから見知った人物が顔を覗《のぞ》かせた。私が急いでドアまで駆け寄ると、彼女は嬉《うれ》しそうに頬《ほお》を綻《ほころ》ばせた。

「サラ！」

「お嬢様！」

私が朝から待ち侘びていたのは、一番信頼する侍女《じじょ》のサラだった。

「こんなに遠いところまで来てくれてありがとう」

オルタ国だけでなく、闇の精霊の地へも行っていた私にとって、サラと会うのは日付だけを数えると1カ月ぶりぐらいだ。なのに、1年は会っていなかったような懐《なつ》かしさがある。

「お嬢様の元気な姿を見て、とても安心しました」

「私もよ。サラにずっと会いたかったわ」

サラは私の一番信頼する侍女だが、今回のオルタ国行きには同行していなかった。

侯爵家の屋敷では、サラと常に一緒にいるのが当たり前だった。だからこそ、久しぶりの再会に心が浮き立ち、顔を見るだけでほっとした気持ちになる。

「よかったな。到着するまで随分と心配していたようだったからな」

「はい！　テオドール様にもご迷惑を……」

「俺？　俺は全然。まっ、久しぶりの再会を楽しんで」

ソファーから立ち上がったテオドール様は、喜ぶ私の様子に笑みを零《こぼ》した。そして、私の頭をポンッと撫《な》でるように叩《たた》くと、

「じゃあ、俺は仕事でもしてくるかな」

と軽くウインクをしながら、あっさりと部屋から出ていってしまった。

「あの、私フリオン子爵にちゃんとしたご挨拶《あいさつ》もできず……大丈夫でしたでしょうか」

「ふふっ、大丈夫よ」

テオドール様が去っていった扉を見ながら心配そうに呟《つぶや》くサラに、私はにっこりと頷《うなず》いた。

きっとテオドール様は、私が落ち着かない様子だったのを気にかけて、一緒にいてくれたのだろう。そして、サラが到着したのを見届けて、私たちがゆっくり話せるようにと席を外してくれた。

——本当に優しい方だわ。

テオドール様の優しさに心の中で感謝しながら、再びサラへと向き合った。

「それにしても、サラとはまだしばらくは、会えないと思っていたわ」

「私もです。お嬢様がいないと、旦那《だんな》様も奥様も寂しそうで、屋敷がいつもより少し静かです

から」

「でも、サラを隣国まで派遣するなんて、お父様は何を考えているのかしら……。道中何事もなくて本当によかったわ」

サラが私の長期滞在に同行することは、ほとんどない。ただでさえ旅に慣れているというわけではないし、国を越えての移動だ。心配をするなというのが無理な話だ。

お父様の手紙には、今回のルイ様の事故を調べる調査団と共に、マルセル侯爵家から数名を派遣すると書かれていた。その数名にサラの名が連なっていて、私は見間違いではないかと何度も確認するほど本当に驚いた。

「いいえ、旦那様ではなく、私が希望したことです。オルタ国滞在が長期になることについて、旦那様は王太子殿下から手紙で知らされたそうです」

「えぇ、ルイ様がお父様に手紙を書くと仰《おっしゃ》っていたわ」

デュトワ国からの調査団と共に、ルイ様の母君であるオーレリア王妃が来られると知った時、ルイ様は慌てたように数人に極秘の手紙を送った。そのうちの1人が、私の父であるマルセル侯爵だった。

「旦那様はお手紙を受け取るや否《いな》や、お嬢様が安心して過ごせるように、マルセル侯爵家の騎《き》士《し》と侍女を派遣することを決定しました」

「そうなのね。でも、それでなぜサラが……」

「もちろん、私が真っ先に立候補したからですよ。お嬢様」

サラは私の手を両手で包み込むように握《にぎ》りながら、優しく微笑んだ。にっこりと微笑むサラの顔を見ていると、心がじんわりと温《あたた》かくなる。

「お嬢様が安心して過ごせるように、お側《そば》でお世話させてください」

「サラ……本当にありがとう。あなたが側にいてくれて心強いわ。でも、かなり遠かったでしょう」

「確かに私の経験した遠出は、マルセル侯爵領まででしたので。デュトワ国から国外に出るのは初めてで、少し緊張しました。あと、食事も立ち寄った街によって結構味付けが違ったりして……」

はにかむように笑うサラは、ここまでの道中で寄った街について、初めて見たものやどんなところだったかを簡単に説明してくれた。

楽しそうに語ってくれたが、旅の疲れもあるのか、少しだけ痩《や》せたようにも見える。

「知り合いもいない中で、ここまで心細かったでしょう？」

「全然、その辺りはお気になさらなくて大丈夫ですよ！　デュトワ国からは、調査団の方々と一緒に来たのです。調査団には、女性も数人おりました。それに王妃様の侍女の方々とも親しくさせていただきましたから」

サラの返答に、胸のつかえが取れたようにホッとした。道中、何か危険なことがあったらどうしようかと心配で堪《たま》らなかったからだ。

だって、私とサラは馬車で移動中に一度殺されているのだから。

――私をかばって息絶えたサラ。あの時の光景は忘れようとしても、忘れられない。

やり直せる機会をもらえたからには、この世界ではサラのいつだって花が綻ぶような、こちらが幸せになるような笑顔をこれからも沢山《たくさん》見たい。

「そう。それならよかったわ」

「あと、シリル様もオルタ国に入国するまでずっと一緒でした。不便なことはないかといつも気にかけてくださり、とても心強かったです」

サラが到着する1日前に、シリルはここオルタ城に到着していた。

ルイ様が国外で公務を行う際は、ルイ様の代わりにシリルがデュトワ国に残ることが多い。今回ルイ様がシリルを呼んだということは、それだけ王妃様が来ることを危険視しているのだろう。

この部屋から動けないルイ様にとって、シリルは誰よりも信頼が置ける相手だ。そして、ルイ様の代わりに、手足となって動く手段でもある。

私とサラが再会を喜んでいると、後ろの扉が開き、ちょうど話題にしていたシリルがルイ様と共に入ってきた。

「無事、到着されたようですね」

シリルはサラに気がつくと、珍しく表情を緩《ゆる》めて声をかけた。そんなシリルに、慌てたようにサラが頭を下げる。

「サラ、大変な役目を引き受けてくれてありがとう」

「王太子殿下……ご無事で何よりです」

挨拶をしたあと、後ろに下がろうとするサラをルイ様は手で制した。

「下がらなくていい。そのままで」

そんな2人のやり取りを見ながら、私は先程のルイ様の言葉に首を傾《かし》げる。

「あの、サラの大変な役目とは一体何でしょう？」

「実はマルセル侯爵に、信頼の置ける使用人を1人、ラシェルの侍女として調査団につけてほしいとお願いしていたんだ」

「私の侍女として？　なぜですか？」

「マルセル侯爵が愛娘《まなむすめ》を心配して、調査団と一緒にマルセル家の騎士と侍女を派遣することは、とても自然で……何というか……あり得そうだろう？」

お父様の過保護さを知っているルイ様は、気まずそうに苦笑しながら言葉を濁《にご》す。だが、それでも十分に伝わるニュアンスに、私もおずおずと頷く。

「それは、そうですね。確かにお父様ならば、今回のルイ様のことが本当に事故だったのかをまず疑います。ですから、ルイ様がお父様に手紙を書くと聞いた時は、我が家の騎士を送ってきそうだと、私も薄々思っていました」

「……さすがに私も、まさかマルセル侯爵が本当にラシェルの侍女のサラに、その役目を任せるとは思っていなかった。だが、よく考えてみると、サラがラシェルの一番信頼する侍女だということは、親しい者たちは皆知っている。だからこそ、誰よりも適任なのだろうな」

「適任？　一体何の……。まず、なぜ私の侍女を調査団につける必要があったのですか？」

私はサラの肩に両手を置きながら、ルイ様へ疑問を投げかけた。だが、それにいち早く反応したのはサラだった。

サラは先程までのほんわかとした笑みを消し、真剣な表情で私の目を真っ直ぐに見た。

「王太子殿下からいただいた指示は、デュトワ国からオルタ国への道中で、王妃様のご様子を監視《かんし》し、報告することでした」

「王妃様の監視？」

デュトワ国王妃であり、ルイ様のお母様であるオーレリア様の監視を、まさかサラに頼むとは。サラの顔を覗き込みながら唖然《あぜん》として呟く私に、サラはどこか緊張した面持《おもも》ちで頷いた。

「それで、王妃……オーレリア様は……」

「ご報告できるような、特別なことは何も」

シュンと沈んだ面持ちで首を横に振るサラだったが、ルイ様にその答えは想定内だったようで、「そうか」とあっさりと頷いた。

「それならそれで構わない」

そう答えたルイ様は、考え込むように鋭い視線を右下に向けながら顎《あご》に手を当てた。

「怪しい動きがなければいい。さすがに私も、オルタ国に入国する道中で、母上が何か怪しい行動をとる可能性は低いと思っていた」

「では、念のためということですね」

「あぁ。だが、母上がなぜわざわざオルタ国まで赴《おもむ》くのか。理由が分からないのが一番気持ち悪い。道中、母上の様子はどうだった？」

「そうですね……特段違和感を覚えるようなことは何もありませんでした。時折、体調が優れないのか、顔色が悪い日もありましたが。でも、それで日程を遅らせることもなく、気丈に振る舞っておいででした」

オーレリア様のお体が強くないのは有名だ。そのため、あまり外出をすることがなく、普段は住まいである離宮に籠《こも》っていることが多い。隣国が生まれ故郷といえど、ここ数年は国を跨《また》いだ移動を一切していなかったらしい。

「同行者たち以外に接触した者はいたか」

「王妃様と行動する機会はそこまで多くありませんでしたが、私の知る限りでは、なかったように思います。王妃様が連れた侍女は3名で、行動する時は必ず同じ方を伴っておりました。その方が王妃様の身辺のお世話をしているようで、馬車も必ずその方と一緒でした」

「あぁ、ジョアンナ・バンクス夫人だな。彼女は、母上の輿入《こしい》れの時にオルタ国から連れてきた侍女だ。ラシェルは顔を知っているだろう？」

ルイ様の言葉に、1人の女性の姿が頭に浮かぶ。その方は、淡《あわ》い水色の艶《つや》のある髪をきっちりとアップでまとめ、紫の瞳を柔らかく細めて優雅に微笑む方だ。

「ええ、王妃様とのお茶会や王妃教育の日などで、王妃様の体調が優れない時はいつもバンクス夫人が代わりに相手をしてくださっていたので。オルタ国の高位貴族のご出身ということもあり、所作《しょさ》が洗練されていて、とても優雅で優しい方です。確か……ご主人を早くに亡くされたとか」

「そうだ。未亡人になったバンクス夫人は、婚家とも実家とも折り合いが悪かったらしい。母上は幼馴染《おさななじみ》のバンクス夫人を姉のように慕《した》っていたらしく、国に居場所がなくなったバンクス夫人を侍女としてデュトワ国に連れてきたそうだ」

「そうだったのですね。それほど信頼する方だからこそ、オーレリア様の代わりに社交界に出ることが多いのですね」

バンクス夫人とはお茶をする機会が数回あったが、どんな時も微笑みを絶やさず、話題が豊富で気遣《きづか》いのできる方だった。表舞台にほとんど出ないオーレリア様の代わりに、お茶会や舞踏会に参加する機会も少なくない。

ルイ様にとってのシリルがそうであるように、自分が動けない代わりをオーレリア様がバンクス夫人に任せていると思われる。

「……あぁ、母上の右腕と言っていい人だろう。きっと私たちが知らない情報を沢山持っているだろうな」

「では……」

ピンと来て顔を上げると、ルイ様はそうだと言うように頷いた。

「あぁ。母上に接触するよりも、今回のオルタ国訪問の事情について、バンクス夫人から情報を引き出すほうがいいのかもしれない」

◆◇◆◇◆

サラたちの到着から遅れること1日、オーレリア様が王宮に到着した。いよいよ面会かと思われたが、オルタ国王と内々《うちうち》の挨拶を済ませたあと、長旅で体調を崩《くず》されたという理由で、王妃様は自室に籠られてしまった。

さらに、オーレリア様の到着から3日後、もうおひとりがオルタ国に入国された。

「アルベリク殿下、長旅お疲れ様です」

厩舎《きゅうしゃ》でご自分の愛馬を撫でていたアルベリク殿下に、後ろから声をかける。すると、アルベリク殿下は眼鏡を手で直しながら、こちらに振り向いた。

「ラシェル嬢、わざわざお出迎えありがとうございます」

「いえ。アルベリク殿下が入国されることをつい先程聞いたばかりで、お出迎えの準備がちゃんとできておらず申し訳ありません」

恐縮する私に、アルベリク殿下は首を左右に振った。

「お気になさらないでください。オルタ国から入国許可をもらうや否や、すぐにデュトワ国を出国しましたので。早く来ることを何より優先したので、兄上やラシェル嬢への連絡が遅くなってしまいましたね」

「ルイ様もつい数時間前に知ったばかりで驚いていました。ですが、アルベリク殿下のお顔を見れば喜ぶと思いますよ」

アルベリク殿下は、供《とも》として連れていた騎士に愛馬を委《ゆだ》ねると、少し離れてマントの埃《ほこり》を払った。そして、ルイ様の部屋へと案内する私の横に並び、歩き始めた。

だが、殿下の表情はどこか強張《こわば》っており、眉間《みけん》に皺《しわ》を寄せながら周囲を警戒《けいかい》するように視線を動かした。

そして、周りに人がいないことを確認すると、ゆっくりと口を開いた。

「それで、兄上の様子は……」

「ルイ様からはお手紙が届きましたか？」

「はい。対外的には、事故で足を滑《すべ》らせたと発表していますが、オルタ国の後継者問題に巻き込まれたのですよね。一時は命の危機に瀕したとか」

「そうですか……。やはりアルベリク殿下には正直にお話しされていたのですね。では、ルイ様を心配してこちらまでいらっしゃったのですか？」

「重傷だと発表されていますが、本当は回復しているのでしょう？　兄上からは、心配はいらないと聞いています。ただ、母上がこちらに向かったと知り、只事《ただごと》ではないなと」

アルベリク殿下のどこか沈んだ表情を見ると、きっとルイ様がオーレリア様に何かしらの疑念を抱いていることをご存知なのだろう。

乳母《うば》や教育係に育てられたルイ様と違い、アルベリク殿下はお生まれになった時から、ずっと離宮に住むオーレリア様の手元で育った。誰よりも慕う兄のルイ様が、２人の実の母を怪しんでいるのだ。間違いなく、複雑な心境にあるのだろう。

どれほど胸を痛めておられるのだろうと、しばらく黙り込んだ私に、アルベリク殿下は苦笑した。

「……兄上には何が見えているのか。何を危険視して、疑っているのでしょうね。私のような凡人《ぼんじん》には、兄上の考えはよく分かりません」

「それでもアルベリク殿下は、ルイ様に協力してくださるのですね」

「もちろんです。私の知識が必要だと、兄上が言ってくださるのですから」

考え込むように沈んだ様子だったアルベリク殿下は、私の言葉にすかさず頷いた。もちろんですと断言したアルベリク殿下の表情には、一切の迷いがなく、どこか清々《すがすが》しく誇らしげにも見えた。

「アルベリク！　来るなら来るで早く連絡を寄越してくれ。今日知って本当に驚いたんだからな」

「ええ、急いで仕事を片付けて、早馬で駆けつけましたから。事前に手紙を送りましたが、私の馬は俊足ですから、予想以上に早く着いてしまったようですね」

ルイ様の部屋へ入ると、ルイ様とテオドール様は何やら難しい顔をしてテーブルで向き合っていた。

だが、私と共に入室したアルベリク殿下の顔を見るや、喜色《きしょく》を露《あら》わにした。そんなルイ様の様子に、アルベリク殿下も先程までの沈んだ表情が嘘のように、嬉しそうに笑みを浮かべた。

「うーん、シェパードってとこかな？」

私の横に来たテオドール様が、内緒《ないしょ》話をするようにこそっと私の耳に顔を寄せた。

「シェパード？　犬の？」

なぜ急に犬の話をするのだろうと不思議に思って、テオドール様の視線を追うと、アルベリク殿下に辿《たど》り着いた。

「……まさか、アルベリク殿下のことではないですよね」

「ははっ、だってルイに会えて嬉しいって、尻尾を振っているようにも見えるだろ。あれさ、俺たちの手前、冷静さを装ってるんだって。極度のブラコンだから、内心はルイに会えて嬉しくて仕方ないんだよ」

その言葉に思わず目を丸くすると、テオドール様は私の肩に腕を置いてニヤリと笑った。

「あっ、不敬だって思っただろ」

「テオドール様に怖いものなどないのだなっと、改めて思ったまでです」

私の返しが意外だったのか、テオドール様は片眉《かたまゆ》を上げながらヒューっと口笛を吹いた。

「ラシェル嬢も言うようになったな」

軽口を言い合う私たちをよそに、ルイ様は駆けつけたアルベリク殿下の体調を気にしてか、まずは休むかと聞いていた。

だが、その申し出をアルベリク殿下に断られると、テーブルに座るよう促した。部屋にいる4人皆が席に着くと、ルイ様はひと呼吸おいて、アルベリク殿下へと視線を向けた。

その瞳から兄としての親密さと気軽さが消え、仕事中の王太子の顔になった。この場にいる皆がその変化を察知し、先程までの和やかな空間はピリッとしたものへと一変した。

「……お前がわざわざ来たということは、分かったのだな」

——分かった、とは何のことだろうか。

おそらくだが、並行世界から戻ってきたルイ様はアルベリク殿下へ宛てた手紙で、何かしらの依頼をしたのだろう。シリルではなく、アルベリク殿下に頼んだのだから、依頼内容は、殿下の専門的知識に関する分野かもしれない。

アルベリク殿下はルイ様の言葉を理解したように、神妙に頷いた。

「そうですね。とりあえず、ヒギンズ家の植物に関しては、現ヒギンズ侯爵の協力を仰《あお》いで調べてきました」

「ルイ様はアルベリク殿下に、ヒギンズ侯爵家を調べるよう依頼していたのですか？」

「あぁ。デュトワ国で、母上の一番親しい貴族はヒギンズ侯爵家だからね。それに、カトリーナ・ヒギンズの事件を機に、ヒギンズ家を降格するべきだという声も貴族院から上がっていたんだ。だが、前侯爵が侯爵位を息子に譲《ゆず》って隠居したこともあり、現状維持で収まった」

「……現ヒギンズ侯爵は、前侯爵とは随分と折り合いが悪くて有名でしたね。王家に協力的なのも頷けます」

「あぁ、彼は新たなヒギンズ家を作ろうと志《こころざし》の高い人物だからね。父親の暗部も目を逸《そ》らさずに受け入れると言ってくれたよ」

カトリーナ様の兄である現ヒギンズ侯爵は、倹約家《けんやくか》で正義感の強い方だという。彼であれば、ヒギンズ家の長年の闇を清算できるかもしれない。

ヒギンズ家は歴史の古い大貴族だ。下手に潰《つぶ》すよりも、協力関係を結んでうまくやっていくほうが、王家の今後のためにはずっといいだろう。

「そうでしたか。……前ヒギンズ侯爵は麻薬売買《まやくばいばい》をしていた噂《うわさ》があると、以前テオドール様が教えてくださいましたね。アルベリク殿下が調べていたのはその件ですか？」

私の問いに、アルベリク殿下は左手の中指で眼鏡を押さえながら頷いた。

「はい。植物は私の専門ですから」

「アルベリク、結論から聞こう。ヒギンズ家において、違法薬物《やくぶつ》の栽培が行われていたのかどうか」

「いえ、ヒギンズ家にそのような痕跡《こんせき》は残っていませんでした。王都のタウンハウス、領地、親族……どこからも証拠は見つかっておりません」

アルベリク殿下の言葉に、ルイ様は口元に手を当てながら眉をピクリと動かした。

「残っていなかった？　ということは、元々はあったと？」

「……証拠がないので、何とも言えません」

「アルベリクは、どう考える」

「私個人の推測では、おそらく証拠を隠したか処分したと考えています」

ルイ様は返答に一度頷くと、目線で話の続きを促した。アルベリク殿下は、少し考えるように腕を組み、

「その件と関係しているのかは不明なのですが……」

と前置きをしながら、声のトーンを僅《わず》かに下げた。

「侯爵の話で気になった点があります。前ヒギンズ侯爵が懇意《こんい》にしていた商人が、前侯爵の隠居と同時に消息《しょうそく》を絶ったそうです」

「消息を絶った？　その商人からどのようなものを仕入れていたか、詳細を聞くことはできたか？」

「前侯爵が領地に引き籠る前に、リストは全て処分してしまったようです。ですが、珍しいものを多々扱っていたそうですよ。魔石や魔道具、身の回り品に薬草、茶葉《ちゃば》の類《たぐい》など」

魔石や魔道具はどの貴族もある程度収集している。それ自体は怪しいことではないのに、あえて全て処分してから隠居した？

「証拠隠滅とかさ、疑ってくださいって言ってるようなものじゃん」

皆が疑問に思ったことを、テオドール様が代弁してため息を吐《つ》いた。

証拠がないことより、処分されていることこそが怪しさが増す。

「その商人がどんな奴か分かるか？」

「それが……東部訛《なま》りの小柄な中年男で、額から左目の上に大きな痣《あざ》があるとしか。どうやら前ヒギンズ侯爵は、その商人と会う時は、息子のヒギンズ侯爵はもちろん、使用人さえも同席させなかったそうです」

「……東部訛り……左目の上の……痣」

アルベリク殿下の言葉に、ルイ様はテーブルに置いた指をトントンと叩きながら、何かを確認するかのように独《ひと》り言《ごと》を呟く。

東部訛りで左目の上の痣……聞いて私は、過去の記憶を呼び起こす。その特徴をどこかで見た気がしたから。

「あっ！」

――思い出した！　カトリーナ様から教えられた薬屋……。そう、私がアンナさんを害そうと、毒を購入した店の店主。

古い記憶だが、あの薬屋のことはよく覚えている。店内に入るとラベンダーやカモミール、タイムなどのハーブが強く香り、カウンター奥に薬草の瓶《びん》がずらっと並んでいた。カウンター内のテーブルで薬草をすり潰す店主の姿。

小窓もない暗い店。木の扉を開けた私を確認するために顔を上げた店主の顔には、間違いなく額から左目の上に大きな痣があった。

ハッと顔を上げた私に気づいたルイ様は、気遣うように私の肩に優しく手を置いて、ひとつ頷いた。

「……どうかされましたか？」

アルベリク殿下が不思議そうに尋《たず》ねると、ルイ様は眉間を寄せて、鋭い視線で前を見据えながら顔を上げた。

「いや、アルベリクが調べてくれたおかげで疑念が確信に変わったよ」

「私には今話した情報だけで、何に気がついたのか全く見当もつきませんが」

「それは追々《おいおい》説明しよう。……ところで、その商人を王宮で見かけたことはあるか？」

「ないでしょうね。城に入れる商人は限られています。いくらヒギンズ家お抱えの商人といえど、調べられて都合が悪い人間が入れるはずはないでしょう」

「やはりそうか。特徴のある人物であればなおさらだ。広い王宮内だ。誰かしら覚えていそうだが、そのような商人は聞いたことがなかったからな。……商人の足取りを先に調べるほうが安全か」

目を伏せながら独り言のように呟くルイ様は、ふと顔を上げてアルベリク殿下を見た。

「ちなみに、母上が管理している温室の件も調べてくれたか」

「はい、それも調べました。特に違法のものはありませんでした。ただ、オルタ国でしか栽培されていない植物は何点かあったかと思います。母上の出身国ですし、それ自体は別に怪しいことではないと思いますが、その植物類は全てヒギンズ前侯爵夫人からの贈り物だったそうです」

「……違法ではないが、オルタ国でしか栽培されていない植物か」

「何か引っかかりますか？」

「いや、入手経路は間違いなくその商人だろうと思ってな」

植物ではなく、ルイ様はオーレリア様とヒギンズ前侯爵夫人を怪しんでいるのだろう。

「やはり、ここでもか」

と、ポツリと呟くルイ様の声が僅かに聞こえた。

もしかするとルイ様は、オーレリア様の育てる植物に関して、並行世界で何か情報を掴んでいたのかもしれない。確信するように、怖いほど鋭い視線で、ルイ様は口を開いた。

「……やはりあの事件に関わっていたのは、ヒギンズ侯爵で間違いなさそうだな。そして、裏で糸を引いていたのはきっと……」

あの事件というのは、直接言葉にされなくても見当がつく。おそらく、私の1周目の死のことだ。

ルイ様の厳しい表情を見ると、裏で糸を引いていたのは……ルイ様のお母様であるオーレリア様だと言いたいのだろう。

翌日、私は庭園のガゼボで、バンクス夫人と顔を合わせていた。

オルタ城には庭園がいくつもあるが、ここは人の出入りがないため、少人数のお茶会にぴったりだそうだ。ガゼボを囲むようにしてスミレやアザミといった可愛らしい花が咲き、どこか自然でゆったりできる場所だ。

テーブルの中央に置かれた3段重ねのティースタンドには、スコーンやケーキなど、生クリームやフルーツをふんだんに使った可愛らしいスイーツが並んでいる。

ティーワゴンの側に控えていたサラが、私とバンクス夫人の前にあるカップにお茶を注ぐ。立ち上《のぼ》る湯気を眺めながら、カップに手を添える。

「あの、オーレリア様の体調はどうですか？」

「ええ、大分《だいぶ》顔色は戻ったようね。でも、元々体が強くないのに、無理をなさったから……」

バンクス夫人は、頬に手を当てながら目を伏せて答えた。

バンクス夫人と2人きりでお茶をするのは、久しぶりな気がする。ルイ様の婚約者になり始まった妃《きさき》教育で、体の弱いオーレリア様の代わりをバンクス夫人が務めることが少なくなかったため、以前は時々こうしてお茶をしていた。

特に1周目の人生で、私はオーレリア様から嫌悪《けんお》されていたようだった。オーレリア様に会いに王宮に足を運んでも本人はおらず、代わりだというバンクス夫人と顔を合わせることが多かった。

ただそんな妃教育も、今回の人生では私が魔力を失い、1周目で学んだことを覚えていたためか、回数がグンと減った。

それでも、穏やかで気品あるバンクス夫人は、今も昔も私にとって憧《あこが》れの存在だった。

「オーレリア様がご無理をしてでもオルタ国に来る決断をされたのに驚きました。確か……オーレリア様は長旅をほとんどされないのですよね」

「……そうね。ラシェル様もご存知の通り、オーレリア様はお体も強くはないし、表に出るのを極力少なくしているでしょう？　今回のようにご自分でオルタ行きをお決めになったのは初めてのことで、長年お側にいる私も驚いているのよ」

バンクス夫人の戸惑《とまど》った表情は、嘘をついているようには見えない。だとすれば、今回の来訪は、オーレリア様本人の考えということで間違いなさそうだ。

そして、体が弱く外出もほとんどしない方が行動を起こした理由を、一番近くで見ていたのはバンクス夫人だ。

バンクス夫人は、オーレリア様を一番理解しているだろう。

「オーレリア様が、生まれ故郷であるオルタ国に来たのは、結婚後に一度だけだったと聞いています」

「そうね。私が代わりに帰国することはあったけど、オーレリア様は長旅で体調を崩されるから。今回の帰国は10年ぶりぐらいかしら」

「今回のオルタ国行きを決断したきっかけは……やはり、ルイ様を心配して、ということでしょうか」

「ええ、もちろん。他に理由などないでしょう？」

紅茶を一口飲み、顔を上げたバンクス夫人は朗《ほが》らかに微笑みながら頷いた。

――母が子を心配して会いに来る。それ自体は普通だと思う。それでも、ルイ様から語られた親子関係を思うと、その理由を素直に受け取っていいものか悩んでしまう。

何より、私はオーレリア様のことをあまり知らないのだから。

「バンクス夫人から見て、オーレリア様はどのような方なのですか？」

「どのような方か？　なかなか難しい質問ね」

「全然深く考えなくても大丈夫ですから。私はあまり知らないので、オーレリア様のことをもっと知りたいと思っているのです」

変な質問をしてしまっただろうか、と焦《あせ》る私に、バンクス夫人はおかしそうにクスクスと笑った。

「そうね。王太子殿下と結婚するラシェル様にとって、結婚相手の母親は気になるところよね」

「そ、そうですね。お会いする機会も増えるかと思いますし」

「うーん、私から見たオーレリア様。あの方は……いつまで経っても、少女のような方……かしらね」

私の問いに、手を口元に当てながら答えるバンクス夫人は、優しく目を細めた。その表情からバンクス夫人がいかにオーレリア様を大切に想っているかが伝わって、思わず息を飲む。

「ラシェル様が親しくしたいと思ってくださっていることを知れば、オーレリア様はとても喜ぶと思うわ」

「そうでしょうか？」

私にとって、オーレリア様は1周目のイメージが強い。顔を合わせると、いつも気まずそうに目を逸らし、悲しげに眉を下げてぎこちなく振る舞われていた。

いつだって微笑みを忘れないオーレリア様がそんな態度をとるのは珍しく、そうまでさせる私は、のちの王太子妃に相応《ふさわ》しくないと、囁《ささや》かれる要因のひとつになった。

不安が表情に出ていたのか、バンクス夫人は私を安心させるように、大きく頷いた。

「オーレリア様は、体調がよければ今日ぜひあなたと一緒にお茶をしたいと仰っていたの。あと数日もすれば旅の疲れも取れるでしょうし、そうしたら一緒にお茶をしましょうね」

「は、はい。もちろんです」

「オーレリア様は、ああ見えて表情がコロコロ変わって、普段はとてもお喋《しゃべ》り好きな方なのよ。でも、繊細《せんさい》な方だから……」

今のオーレリア様は、私を見て目を逸らすようなことはない。けれど、バンクス夫人が言ったようなお喋り好きとは真逆のイメージがある。

人形のように美しく、物静かで、綺麗《きれい》なお顔を崩すことなくいつも微笑んでいる方だ。

バンクス夫人には、何が見えているのだろうか。さらに聞いてみようと私は口を開く。だが、私の発する声は、被《かぶ》せるように後方から聞こえてきた声に掻《か》き消された。

「伯母上《おばうえ》？」

振り向くと、そこにはイサーク殿下の姿があった。オルタ国の第三王子であり、騎士団長である彼は、今日も稽古《けいこ》をしていたのだろう。片手に剣を持ちながらにこやかに笑い、こちらに歩いてきた。

「あら、イサーク。久しぶりね。剣の稽古かしら」

「はい、日課ですので。それよりも、伯母上、こちらに来ていたのなら教えてください。そうすれば、こちらから挨拶に伺《うかが》いましたのに」

「いいのよ。今回は帰省ではなく、オーレリア様の侍女として来たのですから」

イサーク殿下とバンクス夫人の気安い様子に、私は口を挟《はさ》むタイミングを失い、呆然《ぼうぜん》とやり取りを聞いていた。

「お茶会中ですか？　こんにち……。えっ、マルセル侯爵令嬢？」

私と顔を見合わせたイサーク殿下は驚いたように目を見開き、恥ずかしそうに頬を染めながら会釈《えしゃく》した。

「伯母上のお相手はあなたでしたか」

「伯母上？　あの……お二人は……」

私の言葉に、２人は揃《そろ》って顔を見合わせる。

「あれ？　ご存知ではなかったのですね。デュトワ国王妃のオーレリア様は俺の父方の叔母《おば》、そしてオーレリア様の侍女のジョアンナ・バンクス夫人は、母方の伯母なのです」

そう言われてよくよく２人を見てみると、涼《すず》しげな目元がよく似た印象だ。

だが、あまりに複雑な親族関係に頭がこんがらがりそうになる。ルイ様のお母様であるオーレリア様が、オルタ国王とご兄妹だということは知っていた。

だが、まさか、ルイ様の命の危機を招いたオルタ国王妃ミネルヴァ様と、目の前で優雅に微笑むバンクス夫人のお二人が……？

「あの、ということは……オルタ国王妃のミネルヴァ様は……バンクス夫人の」

「ええ、妹よ」

気まずそうに頬を掻くイサーク殿下と違い、バンクス夫人は表情を変えず、どこか他人事《ひとごと》のように紅茶のカップを手に持つと、綺麗な所作で一口飲んだ。

◆◇◆◇◆

数日後、私は王宮の応接間にいた。

私たちが滞在しているのは客室が並ぶ棟《むね》だが、今いるのは二の宮と呼ばれる、オルタ国の王族が生活する私的な空間の応接間だ。

滞在が長くなっているが、二の宮に立ち入るのは初めてだ。

そんな場所になぜいるのかというと、オルタ国の元王女、オーレリア様が滞在なさっている場所だからだ。

白や水色などの淡い色の調度品で整えられたこの部屋は、大きな窓から自然光が差し込んで明るい印象だ。アイボリーの壁紙にはスミレの紋様《もんよう》が描かれ、部屋全体が優しいイメージになっている。

応接間とはいえ、プライベートな雰囲気を重視しているのか、気分が晴れやかになる。

そんな部屋で、今私の目の前にいる方は、元々この部屋の主人だったようによく馴染んでいる。

「ラシェルさん、今日は時間を作ってくれてありがとう」

目の前で、デュトワ国王妃オーレリア様が、愛らしいお顔で微笑んでいる。真っ白なお顔はどこか蒼《あお》く、隣に座るアルベリク殿下も心配そうに気遣っている。

「まだ怪我《けが》の具合が悪いからと、ルイには面会を断られてしまって……」

「そ、そうなのですね」

ご子息の怪我は闇の精霊王様が治しました。……なんてとても言えない私は、ルイ様の様子を知っているアルベリク殿下へと視線を向ける。

すると、殿下も気まずいのか、オーレリア様からスイッと視線を逸らした。

そんな私たちの反応に、オーレリア様はサッと顔色を悪くさせた。

「ルイは……そんなにも悪い状態なの？　だとしたら……私、どうしたら……」

「オーレリア様……」

ハンカチを口元にあて、目を伏せたオーレリア様は、元々小柄な方ではあるが、以前お会いした時よりも小さく見えた。

「今は療養のため会えませんが、兄上の命に別状はありませんから。療養すればちゃんと完治《かんち》すると医師も言っておりました」

「この目で見ないと信じられないの。……いつだって私は、あの子の母でありながら、こういう時に何もできないもの」

オーレリア様は、レースの白いハンカチをギュッと握りしめた。悲痛な声と今にも涙が溢《あふ》れそうなほど歪《ゆが》められた表情に、こちらまで胸が苦しくなる。

——いつものオーレリア様とは違う。こんなにも取り乱す姿は初めて見た。

オーレリア様の様子に戸惑う私と違い、アルベリク殿下はオーレリア様の背を撫でながら安心させるように微笑んだ。

「大丈夫です。兄上は必ず元気になりますから」

「あなたはルイに会ったのよね？　やはりあの子は私のことを憎んでいるんだわ。……だから、こんな状態にもかかわらず会ってもくれないのね」

「母上、そんなことはありません」

アルベリク殿下の冷静な言葉に、オーレリア様は自嘲《じちょう》の笑みを浮かべた。

「えぇ、そうよね。あの子は私を憎むほど、私に興味などないわよね。いつも冷めた目で私を見てくるもの……」

オーレリア様は、目を閉じて首を振った。

重苦しい空気が漂い、誰も言葉を発しようとせず、ただただ沈黙だけが続いた。その空気に耐えられなくなった私は、視線を彷徨《さまよ》わせた。

「ル、ルイ様は……生まれた時からあのように……麗《うるわ》しかったのですか？」

──えっ、私……何を。

焦って変なことを口走ってしまったかもしれない。話題を変えるにしても、もっと自然な言葉があっただろうと、口にしてから冷や汗を掻く。

案の定、取り乱していたオーレリア様も、慰《なぐさ》めていたアルベリク殿下も、ポカンとした表情でこちらを見た。

──き、気まずい……。

「え、えぇ。そうね……とても愛らしい子だったと思うわ」

戸惑いながらも、僅かに頬を和《やわ》らげたオーレリア様は、ふわりと花が綻ぶような笑みを浮かべた。その表情はどこかルイ様に似ていて、やはり親子なのだと実感する。

「微笑んだお顔はオーレリア様に似て、とても美しいですね」

「ルイが、私に似てる？」

「それに、とても頼もしくて優しい方です。あの、私……ルイ様の婚約者になれて、本当に本当に幸せです！」

誰もそんなこと聞いていないのに。空気が少し緩んだことに安堵《あんど》した私は、ここで何の宣言をしているのだろうか、と自分でも謎《なぞ》に思う。

そんな私の様子に、アルベリク殿下はおかしそうに吹き出した。

「ラシェル嬢、急に惚気《のろけ》ですか？　兄上がいたら、とても喜んだでしょうね」

「い、いえ……こんなことを言うつもりはなかったのですが」

「兄上とラシェル嬢が仲睦《なかむつ》まじいのは、私もよく存じておりますから。いくらでも惚気てくださって結構ですよ」

と、アルベリク殿下が笑った。

アルベリク殿下の言葉に、頬が熱くなるのを感じる。恥ずかしさで縮こまっていると、

「まぁ、兄上の素晴らしさは、長年側で見てきた私もよく知ってますから」

一時期は仲がいいとは言えなかったアルベリク殿下だが、ルイ様を慕う気持ちを一切隠されなくなった最近の様子は微笑ましい。

「……ラシェルさんは、本当にルイのことを想ってくれているのね」

ポツリと呟かれた声に目線を向けると、オーレリア様の表情に驚いて、私は目を見開いた。

なぜなら、あまりに嬉しそうな、優しいお顔をしていたから。

「ありがとう。ルイを大事に想ってくれて」

「そ、そんな……お礼を言われるような特別なことなど何ひとつありません。私は、いつもルイ様に助けていただいていますので」

「……あの子に、大事な人ができた。それだけで、母としては嬉しいものなの。ルイにとって

大事な人は、私にとっても大事な人よ」

ふわりと柔らかく微笑むオーレリア様は、いつも言われている人形のようではなく、まるで天使のような美しさだった。

だが、すぐに顔色を暗くし、目を伏せた。

「……とはいえ、母親として、私はルイに何もしてあげられなかったのだけど」

「立ち入った話であれば申し訳ありません。ですが、今の私の目には、オーレリア様はルイ様のことをとても大切に想っているように見えます。それなのに、なぜ……」

——ルイ様とオーレリア様の溝《みぞ》はここまで深く感じるのだろう。

「全部、私が悪いのよ。私が弱かったばかりに、ルイを大事にできなかったの」

オーレリア様は、自嘲の笑みを浮かべながら、ぼんやりと遠くを眺めた。そして、大きく深呼吸をしたあと、ゆっくりと口を開いた。

「私は、ルイを抱きしめたことがないの。ただの一度も」

「えっ……」

思わず口から漏れてしまった驚きの声を、オーレリア様は咎《とが》めることもなく、悲しそうに微笑んだ。

「ルイが生まれてすぐ、抱くこともなく、取り上げられてしまったの」

「そんな！　どうしてですか」

「デュトワ国の王太子は、国一番の教育係たちが育てるからと。いくら望んでも、一緒に暮らすことも、自由に会うこともできなかったの」

「そのような決まりがあるのですか」

「古い風習よね。私もルイが生まれてくるまで知らなかったわ」

それが本当であれば、もし私がルイ様の子供を授《さず》かったとして、生まれてすぐに他の人の手に渡ってしまうということ？　そんなのってない。

想像するだけで、身を引き千切《ちぎ》られるような苦しさが襲ってくる。

「お腹にいた時からずっと生まれてくるのを楽しみにして、この子に沢山愛情をあげよう、何があっても守ってあげよう……そう思っていたのにね」

——ルイ様と陛下の関係が、仲のいい親子とは言えないのは知っていた。その理由のひとつが、デュトワ国の王太子という立場に生まれたためだということも。

だけど、生まれてすぐに、母の手に抱かれることなく引き離されていただなんて。自分がオーレリア様の立場だったら、耐えられないほどの悲しみだろう。

「ルイと会える僅かな時間を大切にしようと思っていたけど、私よりも乳母に懐いてね。乳母のスカートの陰に隠れてジッとこちらを見るルイの視線に耐えられなくて、逃げ出してしまったこともあったわ」

　オーレリア様の気持ちも痛いほどよく分かる。けれど、自分の顔を見て去る母の背を見ながら、幼いルイ様は何を思ったのか。

　それを考えると、胸が締めつけられるようで苦しい。

「兄上の乳母……つまりシリルの母も、何とか間を取り持とうとしてくれたそうですが。離宮に住む私たちと兄上では、育つ環境も立場も求められることも違うので、なかなか難しかったのでしょう。兄上は、母と仲良く過ごす私たちを見ていたでしょうし、疎外感が余計《よけい》にそうさせたのかもしれません」

　以前、ルイ様からアルベリク殿下との関係を聞いたことがある。弟妹と違い、自分は母から愛されることはなかった。その嫉妬《しっと》心から、アルベリク殿下が慕ってくれても受け入れられなかった、と言っていた。

「ルイが風邪をひいた時も、見舞いの許可が出なかったの。私は下の子を身籠《みごも》っていたから、風邪が移らないようにという配慮ね。部屋で苦しんでいる我が子の汗を拭《ぬぐ》うことも、水を飲ませることもできず、早く治りますようにと扉の前で祈るしかなかった」

「風邪をひいた時も……そんな……」

　確か、熱を出しても見舞いにも来なかった、と言っていた。ルイ様がオーレリア様に不信感を持つ、きっかけになった出来事だと思う。

だけど、オーレリア様は見舞いに行こうとしていた。

もし、ルイ様が高熱で苦しんでいた時、オーレリア様が顔を見せていたのなら。手を握ってあげていたなら。お二人の関係はもしかしたら違っていたのではないか。そう思うと、胸が苦しくなる。

「いつの頃だったか、私に向けるルイの顔が作り笑いになっていたの。あの時は正直愕然《がくぜん》としたわ。……徐々に陛下に似てくるルイを前にすると、緊張でうまく喋れなくなって……母親なのに、おかしいわよね」

オーレリア様は当時の自分の心境を思い出すように、時折声を詰まらせながらポツポツと語った。

「オーレリア様は、陛下のことが……」

「……昔から、少し苦手意識はあるわ。私はこんな人間だから、彼のように自信に満ち溢れていて、他を圧倒する存在感の人を前にすると、とても緊張してしまうの。彼はいつだって正しくて、私はいつだって不機嫌《ふきげん》にさせるばかり」

「そうなのですね」

「この年になっても、変わらずこんな調子で……とうの昔に陛下からも呆れ果てられて、今や一切期待もされていないわ」

冷徹なオーラを放つ陛下に謁見《えっけん》する際は、私もいつだって緊張する。

オーレリア様は、若い頃に一回り年上の陛下に嫁《とつ》がれた。だとしたら、初対面の時の印象が強く残っているのも分かる気がする。

そしてルイ様は、陛下とは違って柔和《にゅうわ》な印象だ。だが、そんなルイ様も、陛下やオーレリア様のことを語る時は、一切の微笑みを消し去る。その冷たい表情は、普段のルイ様を知っている者が印象を一変させてしまうほどの違いだ。

もちろん、それもまたルイ様の一面に他ならない。

どんな時でも微笑みを浮かべるのは、ルイ様の外交術のひとつだ。それが剥《は》がれてしまうほど、ルイ様と家族の間の溝は深いということだ。

「でもね、いつからかしら。……ラシェルさんが魔力をなくして、ルイが侯爵家によく顔を出していたでしょう？　あの頃から、ルイの表情がパッと明るくなって、子供の頃も見たことがなかったような屈託のない笑顔を見せたりして……本当に驚いたわ」

先程までの沈んだ表情から一変して、オーレリア様は瞳を輝かせて頬を綻ばせた。そして、私へと視線を向けた。

真っ直ぐな視線に、ドキッとしながら姿勢を正す私に、オーレリア様は頭を下げた。

「あなたに感謝しているの。ルイの側にいてくれてありがとう」

「オーレリア様、そんな、頭を上げてください」

「いいえ、まだ謝らなくてはいけないことがあるの。……私は周囲の言葉を真に受けて、あなたを誤解していた時があったわ。本当にごめんなさい」

1周目の時、オーレリア様は私と関わることを極力避けていた。そして、ルイ様やオーレリア様を慕う、カトリーナ様を可愛がっていた。

今世では、婚約者に選ばれて1年経たずに魔力を失った。つまり、私とオーレリア様の関係が悪化する前の時点に戻ってきた。だから、オーレリア様が私を見限り、冷たく当たるような出来事もない。

明らかに変化した私とオーレリア様の関係性だが、今の状況を作ったのは私だけの力ではない。

「そんな……。私は、ルイ様がいたから変われたのです。お礼を言うのは私のほうです」

私の返答に、オーレリア様は笑みを深めた。そして、席を立ち私の元まで歩み寄ると、私の手を握った。

「今回ここに来たのは、ルイが心配だったから。でも何より、あの子から目を逸らすのをもうやめたかったの。もう遅いかもしれないけど」

潤んだ瞳で私を真っ直ぐに見つめるオーレリア様の瞳は、ルイ様の眼差《まなざ》しによく似ていて、思わず吸い込まれるように見入ってしまった。

◆◇◆◇◆

応接間を出てから、頭を整理することができず無言になっていた私に、隣を歩くアルベリク殿下は気遣う目線を向けた。

「驚きました？」

「……そうですね。オーレリア様があのように感情を乱されるところを初めて見たのもあります。ですが、私の思っていたオーレリア様と実際のオーレリア様は、全く違うのだとも感じました」

「まぁ、珍しい姿ではありますね。……それだけ、今回のことは母にとって大きな出来事だったのでしょう」

アルベリク殿下は、困ったように微笑んだ。

――オーレリア様にとって、大きな出来事、か。

ルイ様から聞くオーレリア様と違い、私の目で見た今日のオーレリア様は、ルイ様への愛情を隠すことがなかった。愛情深い母親という印象を持つ。

ボタンの掛け違いさえなければ、こんなにも拗《こじ》れることはなかったのではないかと思わざるを得ない。

「ルイ様から聞くオーレリア様の姿も、元々私が知る姿も、今日の様子も。どれがオーレリア様の本来の姿なのでしょうか」

子供を依怙贔屓《えこひいき》する母親か、人形のような美しい王妃か、愛情深く不器用な女性か。知ろうとすればするほど、別の顔が見えてくる。

「……兄上が両親に向ける感情は、私も知っているつもりです。もちろん母が兄に後悔や負い目を感じていることも。だからこそ、私はどちらの肩を持つこともしません。兄が望まない限り、母との仲を近づけようとも思いません」

アルベリク殿下のあまりにキッパリとした物言いに、私は瞠目《どうもく》した。一番複雑な心境なのは、アルベリク殿下ではないかと考えていたのだから。

「アルベリク殿下は、ルイ様が望まないのであれば仲介せず、中立の立場を崩さないということですね」

「そうですね。理想としては中立でいようとはしています。ただ……どちらかというと、兄上の肩を持ってしまう気もします。今だって、兄上の手伝いをしているわけですし」

アルベリク殿下にとっては、オーレリア様もルイ様も、どちらもとても大切な人のはず。2人の仲違《なかたが》いに心を痛めているのではないかと思っていた。

「……冷たいと思いますか？」

「いえ、ですが……本当にこのままでいいのでしょうか」

「彼らは互いに互いを知らないのです。ある意味、父と兄は似た者同士ですから、単純ですよね。同じように育ち、同じことを求められて生きてきた同士ですから。でも、母と兄はあまりに違いすぎる。国への想いも、家族観も、幸せの基準も」

ルイ様と陛下は、やり方は違えど、どちらも民を第一に想い、国の安寧《あんねい》を願う。だが、オーレリア様とルイ様は、2人をよく知るアルベリク殿下からすれば、相容《あいい》れないのだろう。

「大事にしているものが全く違うということでしょうか」

「そうですね。価値観が違いすぎると思います。何より、兄上は母のことを理解したいとも思っていませんから。溝が埋まるのは難しいでしょう」

確かにアルベリク殿下の言う通りなのだろう。ルイ様はオーレリア様との距離を縮めることなど望んでいない。だけど、今日のオーレリア様の様子を思い出すと、もどかしくなってしまう。

「オーレリア様は、本当にルイ様の仰る通り……ヒギンズ前侯爵と組んで、ご自分やオルタ国の権力を強めようとしたのでしょうか」

「どうでしょうね。私から見る母は、本当に普通の人なんです。父である陛下に萎縮《いしゅく》して、王女として生まれたにもかかわらず貴族社会に馴染めず、打たれ弱いから引き籠る。それでも夢見がちで、仲のいい家族に憧れている。……きっと、あの人は王女なんかに生まれないほうが幸せに暮らせたのでしょう」

――王女なんかに生まれないほうが、か……。

そういえば、ルイ様は私を大切に想ってくれている一方で、一時期は婚約の解消を考えたこともある私を妃に望むのは、自由を奪うことではないかと考えていたそうだ。私の幸せや未来を大切にするからこそ、望まない場所に押しとどめようとすることに、何度も何度も悩まれていたようだった。

「自由などない、窮屈《きゅうくつ》な椅子。ルイ様は、王妃という立場をそうお思いになっているのでしょうね。オーレリア様の姿を見て」

「兄上がそんなことを？」

「えぇ」

アルベリク殿下の驚いた声に、私は曖昧《あいまい》に微笑んだ。

自由のない窮屈な椅子か。たとえ王妃という立場がそうだったとしても、私はルイ様の隣にいることを選ぶだろう。

私は、ルイ様とならどんな場所であっても、どんな環境であっても、一緒に生きていきたいと願っているのだから。

2章　親子の形

「ラシェル、どうかした？」

「え？」

「さっきから、１ページも進んでいないが、読書の気分ではなかったかな？」

オーレリア様とのお茶会から帰ってきて、私はルイ様の部屋で並んでソファーに座っていた。

いつの間にか夕日が窓から差し込み、私が手にしていた本のページを薄橙色《うすだいだいいろ》に染めていた。

本の文字を追っていたはずが、オーレリア様の様子やアルベリク殿下の言葉を思い出して、ぼんやりしてしまっていたようだ。

そんな私の様子に、ルイ様はクスッと微笑むと、私の頭を優しく撫でた。

「何か悩んでる？　それなら教えてほしいな。君が何に悩んで、困っているか。……少しでも力になりたいんだ」

ルイ様は、読んでいた報告書をテーブルに置くと、膝《ひざ》にある私の手を包み込むようにして自分の手を添えた。じんわりとした温《ぬく》もりに、心まで温かくなるのを感じる。

「ルイ様……ありがとうございます。ルイ様のその優しさが、私の一番の力になります」

自然と口角が上がる私に、ルイ様は目を細めた。

「私よりも、ルイ様のほうがずっと辛《つら》いですよね。室内に籠りっぱなしでは気が滅入《めい》ってしまいます」

「うーん、そうだな。部屋にずっといることを選んだのは自分だし、慣れればそれほどでもないよ。動きたいタイミングで自由に動けないことのほうが大変かな」

「そうですよね。自国ならまだしも、ここは他国ですし……。ルイ様は狙《ねら》われて、命の危険もあったのですから」

ルイ様が血を流して運ばれてきた光景は、何度記憶から振り払おうとしても、ふとした瞬間に思い出してしまう。今も鮮明にあの光景を思い出して、恐怖でギュッと抱くように自分の腕を掴む。

すると、そんな私の体を丸ごと抱きしめるように、ルイ様の腕が背中に回った。

「ル、ルイ様……」

頬に熱が集まる私をよそに、「いや」という、ルイ様の吐息《といき》混じりの囁きが耳を掠《かす》めた。

「確かに、自分の力を私が過信したせいで、ラシェルを怖がらせてしまったことを不甲斐《ふがい》ないと思っているよ」

「そんな」

「だけど、私にとって何よりも大事なのはラシェルなんだ。もし今、ラシェルに何かあったら、すぐに気づいて駆けつけられないかもしれない。私はそれが何より怖いよ」

頭を撫でながら私の顔を覗き込むルイ様と視線が合う。眉を下げて微笑むルイ様に、胸がキュッと軋《きし》む。

ルイ様への想いが今にも溢れ出しそうなのに、胸がいっぱいで何も言えなくなる。それでも、愛しさが伝わるようにと、ルイ様の胸に頭を預ける。

すると頭上から、優しい笑いが漏れるのが聞こえた。

――ルイ様、私も同じです。あなたがいない世界になど、もう戻ることはできないのですから。

言葉にしなくても、きっとルイ様には伝わっている。そんな気がした。

窓から差し込む夕日が室内をオレンジに染める中、顔を上げる。目が合うと、ルイ様は嬉しそうに目を細めた。

「ルイ様も行動が制限されて、大変かと思います。ですが……ルイ様は普段からお忙しいのですから、少しは休むことも大事です」

「ははっ、耳が痛いな」

「顔色もいいですし、ゆっくりできているのであれば、私は安心です」

「シリルが来てくれたから大分楽をさせてもらっている。アルベリクもいるし。あぁ、でもシリルには、人使いが荒いとまた怒られそうだけどな」

冗談めかして言うと、ルイ様は楽しそうに笑った。

「シリルは、オルタ国に来てから随分と忙しそうですが、何を頼んだのですか？」

私の問いに、ルイ様はテーブルの資料へと目線を落とし、眉を顰《ひそ》めた。

「……シリルには、オルタ国王妃ミネルヴァの様子を探ってもらっている」

「そうでしたか。ミネルヴァ様のご様子は？」

「相変わらずだ。私を襲ったのがミネルヴァの手の者だと、ごく少数しか知らないのをいいことに、積極的に社交界に出ては、まるで被害者のように振る舞っているそうだよ」

「被害者？　どういうことでしょう」

「近隣諸国からの来賓《らいひん》が沢山いる時に事故が起きてしまったのは、デュトワ国が精霊を怒らせたからではないか、などと噂を広めているらしい。オルタ国はとばっちりを受けたと嘆《なげ》いているようだよ」

「な、なんという！　随分と穏やかではない話ですね」

闇の精霊王が助けなければ、ルイ様が今生きていたかも分からないのに……。被害者面《づら》なんて、厚顔無恥《こうがんむち》にもほどがある。

同盟国の王太子を襲撃したこのたびの事件の重大性を理解しているのだろうか。隣国関係を重視してルイ様たちが内密にしなければ、あわや戦争の恐れまであったというのに。

国を混乱に陥らせる可能性よりも、自分の見栄《みえ》を優先するミネルヴァ様に沸々《ふつふつ》と怒りが湧《わ》いてくる。

「あと、これはごく一部の者しか知らない情報だが、第一王子ファウストとミネルヴァが口論《こうろん》しているのを目撃したそうだ」

「口論？　ですが、ファウスト殿下は、ミネルヴァ様のご実家を後ろ盾《だて》にして王太子になることを目論《もくろ》んでいるのでしょう？」

オルタ国で今一番の話題は、依然として決まる様子のない後継者問題だろう。元々は第一王子のファウスト殿下が最有力だった。だが、能力の高いリカルド殿下が追い上げているともっぱらの評判だ。

何より、同盟国の王太子であるルイ様が、リカルド殿下を推《お》すと決めた。このことは、２人の争いの勝敗を決める決定打になり得る。

となると、ファウスト殿下が頼れるのはミネルヴァ様だけだ。なおさら、この２人が仲違いする理由が分からない。

「どうやらミネルヴァが勝手に動いたことで、自分の立場が危うくなったのではないかと危惧しているようだ。おそらく、リカルド殿下の脅《おど》しが相当効いているのだろうな」

ルイ様の言葉に首を傾げる。

「リカルド殿下の脅しとは？」

「ミネルヴァの犯した短絡的な暴走がいかに拙《つたな》いことだったたか、ファウストに怒りをぶつけたそうだ」

「リカルド殿下が？　激高《げっこう》する殿下なんてあまり想像できませんね」

リカルド殿下といえば、闇の魔術を私に教えてくれる師でもある。どんな時も冷静で穏やかなリカルド殿下が怒りを露わにするなんて。想像できない。

ルイ様も同感だったようで、神妙な顔で頷いた。

「あぁ。ファウストとリカルド殿下はあまりに違いすぎて、双子《ふたご》だなんて信じられないな」

「そうですね。……それで、ミネルヴァ様のご様子は？」

「あぁ。シリルが言うには、ファウストとのいざこざのあとは塞《ふさ》ぎ込んでいるらしい。ミネルヴァの生き甲斐は、ファウストを次期国王にすることだけだったのかもしれない。……だが、こうなってはミネルヴァを自由に泳がせていた意味がないな」

「人間、追いつめられた時ほど何をするか分かりませんから。用心するに越したことはありません」

顎に手を当てて考え込むルイ様は、深いため息を吐いた。

「確かにその通りだ。あと、もうひとつの問題は母上のことだな」

ルイ様の言葉に、ドキッと肩が揺れる。

「ミネルヴァが母上と繫《つな》がっている可能性を第一に考えていたが、今のところ、どちらも引き籠ってばかりでうまくいっていない。オルタ国王とも入国時の挨拶以外は接触の様子がない」

母親のことだというのに、ルイ様はミネルヴァ様の話題と同程度の重さのようだ。あくまでも客観的な情報で物事を捉え、冷静さを失わずに淡々と話すルイ様の表情をそっと窺《うかが》う。

するとそれに気がついたルイ様が、

「どうした？」

と私に声をかけた。

「あの……。ルイ様、オーレリア様のことなのですが……。本当にオーレリア様は、オルタ国のためにヒギンズ前侯爵と関係していたのでしょうか」

ルイ様は私の問いに対して、困ったように眉を下げて微笑んだ。

「……ラシェル、私は君の……死後の世界に行った。自分の目で実際に見てきたんだ。……全ての証拠を見つけ出すことはできなかったが、それでも母上が関与していることは確実だ」

まるで幼子《おさなご》に言い聞かせるような優しい口調のルイ様に、私は首を横に振った。

「ですが、それはこの世界のオーレリア様ではありません」

私のその言葉を聞いた瞬間、ルイ様は驚いたように目を見開いた。と同時に、酷《ひど》く冷めた目をしながら、ふうっと息を吐いた。

ルイ様の強張った表情に、ビクリと肩が跳《は》ねる。けれど、ここで怯《ひる》んでは自分の考えが伝わらない。だからこそ、私は顔を上げてルイ様の視線を真っ直ぐに受け止めた。

「この世界ともうひとつの世界は、似ているようで全く違うものだと思うのです。3年前からやり直した私も。もちろん、ルイ様も……あなたとあの世界の殿下は別の人物です。同様に、オーレリア様も」

「ラシェル……。あの世界で見てきたものは、そんな簡単なものではない」

「……そうでしょうか」

「君の死に関わることだが、それはひとつの事件として、もっと大きな策謀《さくぼう》が裏にあったのだろう。数年、いや数十年をかけて、オルタはデュトワを飲み込む準備をしてきたと考えるほうが自然だ。とするならば、同じ動きがこの世界でも起きていると考えられる。……何度もその話はしただろう」

「分かっています。……それは、分かっていますが」

ルイ様はなおも、言い聞かせるように私の肩に両手を置いた。

「ラシェル……私はもう、君がいない世界なんて、耐えられないんだ」

「ルイ様……。私も同じ気持ちです。ルイ様が懸念《けねん》されていることを全て明らかにして、危険の芽を摘《つ》むことには、もちろん賛同します」

「ならば……」

「ただ、ルイ様には冷静な目でオーレリア様を見ていただきたいのです。この世界のオーレリア様自身を」

僅かに輝きを取り戻したルイ様の表情は、私の言葉にピシリと固まった。

「オーレリア様は……本当はルイ様のことを想っているように思います。もうひとつの世界で、もし私の死にオーレリア様が関わっているのだとしたら、それはオーレリア様の意思とは別に、何かそうしなくてはいけないような原因があったのではないでしょうか」

私の言葉に、ルイ様は極限まで目を見開いて愕然とした。

「ラシェルが母上と会って、何を吹き込まれたかは知らない。だが、私は十分冷静だ。ラシェル、君は私にない優しさを持っている。それは君の美徳だ」

肩に置かれたルイ様の両手が微《かす》かに震《ふる》えたのを感じると同時に、その手は離れていった。そして、ルイ様は何かを我慢するようにグッと拳《こぶし》を握りながら唇を噛《か》みしめると、乾いた笑みを浮かべた。

その笑みはどこか切なく、触れれば壊れてしまいそうな儚《はかな》さを含んでいて、私は息を飲んだ。

「……ルイ……さ、ま？」

「私は温かくて優しいラシェルの家族が大好きだ。君はマルセル侯爵と夫人から、沢山の愛情を注がれて育ったのだろう。君たちには、揺るぎない信頼と思いやりがある。私にとって眩《まぶ》しいほどだ」

「あ、ありがとうございます」

「……君の隣にいると温かくて、まるで自分まで優しい人間になれたように錯覚《さっかく》する」

「錯覚などではありません！　ルイ様はとても優しい方です」

何度、ルイ様の優しさに私は救われたか。そんなルイ様の優しさをルイ様自身であっても否定しないでほしい。そんな願いを込めて否定した私に、ルイ様は何かに耐えるように顔を歪めた。

「それは私が優しい人間だからではない。君のことを愛しているから、君に優しくしたいからそうしているだけなんだ。……本来の私は、情を持ち合わせない残酷な人間なんだよ」

「そんな……」

「ラシェルには何度か私の家族について伝えたと思うが、私は父親にも母親にも、愛情と呼べるようなものを一欠片《ひとかけら》も持っていないんだ」

先程とは一転して、冷え冷えとした表情を浮かべたルイ様にハッとする。

「……それどころか、もしかすると、心のどこかで憎んでさえいるのかもしれない」

ルイ様の顔には何の感情もなく、事実のみを淡々と語る無機質な声だった。自分のことを語っているはずなのに、どこか他人事。

だが、そんなルイ様の言葉は、むしろ心の叫《さけ》びのように聞こえた。

両親への愛情がない、それどころか憎悪があるかもしれないと、そう語らなければいけないほどの仄暗《ほのぐら》い想いをルイ様は1人で抱えてきた。

「君と話していると、いかに自分が欠陥品なのかが明らかになる。君と同じような人間になりたいのに、君に見合う人になりたいと願うのに……絶対に叶《かな》わない」

「そんなっ」

初めて触れるルイ様の奥底に眠る感情に、私は胸が締めつけられ、涙が溢れ出しそうになる。

そんなことはない、絶対に違う。そう叫びたいのに、それができない。

「いくら取り繕《つくろ》ったところで、私に家族の情など理解できないのだから」

「ルイ様……」

「子供の頃、何度も期待しては裏切られた。都合のいい時だけすり寄ってきて、母親面？

……反吐《へど》が出る」

ルイ様がここまで自分の心情をさらけ出してくれている。本当は表面に出したくなかった心情だと思う。

それを私が、ここまで言わせてしまったんだ……。

「君にはこんな私を見せたくなかったのにな」

私が追いつめたというのに、それでもルイ様は私を気遣うようにして笑った。

――ルイ様は、苦しい時に私を気遣って微笑んでくれる。そんな人が優しくないなんて、私はそう思いません。

そう言いたかった。だけど、私の口は糸で縫《ぬ》いつけられたように、うまく言葉を発することができなかった。

◆◇◆◇◆

ルイ様の部屋を出た私は、自室に戻る気分にはとてもなれなかった。気分転換にと、バンクス夫人とお茶会をしたガゼボに来たはいいが、ぼうっと座ったきり考えも何もまとまらなかった。

「元気ないじゃん。どうかした？」

聞き馴染みのある声に顔を上げると、そこにはクロを抱きかかえたテオドール様がいた。

『ニャー』

「黒猫ちゃんがまた遊びに来てたから、ラシェル嬢のところへ帰そうと思って」

テオドール様がクロを私の膝へと置くと、クロは頭を傾げながらまん丸の大きな瞳でジッと私の顔を覗き込んだ。

「黒猫ちゃんもラシェル嬢が元気なさそうで心配してるよ」

クロはそうだと肯定するように、『ニャ』と鳴いた。その姿に、思いつめていた心が僅かに和らぐのを感じる。

「クロ、ありがとう」

真っ黒で滑らかな毛を撫でる。すると、気持ちよさそうに、目を細めて膝の上で丸まった。

テオドール様は、そんな私たちの様子を見守るように眺めながら、私の隣の席に腰掛けた。

「テオドール様。……ルイ様から何か聞きました？」

「ルイから？　いいや、何も」

テーブルに肘《ひじ》をつきながら、テオドール様はぼんやりと庭園のほうへと視線を向けている。

「不思議ですね。昔からテオドール様は、悩んでいる時に、いつも声をかけてくれる気がします」

「何？　悩んでるの？」

何でもないことのように問うテオドール様の緩い雰囲気は、不思議と自分の心のうちを警戒なく明かさせてしまう。

何より、テオドール様は普段からおちゃらけてみせているが、誰かの真剣な悩みをバカにしたり、言いふらしたりするような人ではない。

1人になりたくてここにいたはずなのに、テオドール様やクロが来てくれて、ほっとしている自分がいる。

「……そうですね。私が余計なことをしたせいで、ルイ様を傷つけてしまいました」

「ラシェル嬢がルイを？　それは珍しいこともあるもんだな」

テオドール様は、驚いたように眉を上げた。

「あー、ルイの親子関係？」

「……テオドール様、もしかして心の声を読めたりは」

「しねーよ」

「ふふっ、そうですよね。テオドール様ならって、一瞬考えちゃいました」

テオドール様の軽妙なツッコミに思わず笑みが漏れると、テオドール様もつられるように、ふわりと微笑んだ。

「一応笑える元気はあるようだな」

「いつもご心配おかけしてすみません」

「まぁ、あいつの家庭環境は変わってるからな。さすがに理解してほしいとは思ってないんじゃないかな」

「それでも……理解したいと思ってしまうのは、傲慢《ごうまん》でしょうか」

これはルイ様にとっては迷惑な感情なのかもしれない。

「傲慢かどうかは分からないけど、相手が望んでないことにまであえて踏み込む必要はないだろうな。だってさ、家庭環境なんて、想像はできても経験はできないわけじゃん。それってさ、相手の立場に完璧に立つのは無理ってことだから。どんなに大事な相手でも、完全に理解することなんて不可能だと思うな」

「それは……もちろん分かっています」

あえて立ち入らないというアルベリク殿下のほうが、よっぽどルイ様のことを考えていて、それが傷つけない方法だということも。

「あえて気づかないふりをしてやるのも、1つの方法だと思うけどどな。ラシェル嬢は、それはしたくなかったんだ？」

「何が正解なのか、分からないんです。私はルイ様が幸せでいてくれることが望みです。ルイ様が辛い思いをするのは見たくありません。でも、私はルイ様のことを全て分かるわけではないから……だから、話をしてルイ様の気持ちを知るしか術《すべ》がないんです」

オーレリア様のことをよく思わないルイ様の気持ちも分かるし、オーレリア様がルイ様を想う気持ちも分かる。

だけど、もしお互いに誤解があったまま、あとで後悔することになったら……。そう思うと、もどかしい気持ちになった。

「でも、結果的に私がルイ様を苦しめてしまいました」

「それは違うよ。ルイの気持ちはルイにしか分からないものだけど、ラシェル嬢のせいで苦しんだんじゃないと思う」

テオドール様は、諭《さと》すように私に微笑んだ。

「あいつは、ずっと大人だったよ。子供の時から」

「それは、ルイ様には子供時代がなかったということですか？」

「あぁ。子供でいられた時間なんてほとんどなかっただろうな。変に頭がよかったから、空気を読むことをすぐに覚えて、必要であれば大人が好む子供を演じていた。誰かに甘えるなんて考えもしなかっただろうな。傍《はた》から見たら大変な家庭環境に思うかもしれないけど、ルイにとってはそれが普通だったんだ」

「それが普通……」

「そう。ルイが親と一緒に暮らせなかったとか、幼い時から帝王教育を施されたとか。それ自体を可哀想《かわいそう》だと思わないでやってくれ。そう生きてきたことに、ルイは同情なんてされたいわけじゃないだろうから」

「もちろんです」

「あぁ。ラシェル嬢にそういう気がないことは、十分分かってる。……大事なのは、ルイにとってはそれが普通で、そう生きてきた。そして今がある。……それを尊重してやってほしいんだ」

テオドール様が言いたいのは、私がルイ様の親子関係を黙って見守るべきか否かの話ではないのだろう。きっと、今の問題だけでなく、この先何度も意見のぶつかり合いが起こる可能性はある。

その時に、過去のことを理解できなくて嘆くのではなく、今のルイ様自身を見てほしいということなのだろう。

「そりゃあ、親子関係はいいに越したことはないだろうけど、それが全てじゃないじゃん。だって、ルイには俺たちがいるし。こんなに天才で、いつだって面倒ごとを聞いてやる俺という友人がいて、こんなに可愛くて、一途《いちず》にルイのことを想ってくれる恋人がいる。それってかなりの幸せ者だろう？」

　ニカッと明るい笑みを浮かべるテオドール様は、まるで闇を照らす月のような美しさだ。

「過去は変えることができないし、親も生まれた環境も変えることはできない。だけど、俺を友達にしたのも、ラシェル嬢を好きになったのも、ルイの選択だ。ルイの選択を尊重することが一番だと思うよ」

「テオドール様もルイ様も凄いですよね。……私はまだまだ見えていないことが多すぎて、日々反省するばかりです」

「俺にだって、ルイにだって、欠点は沢山ある。例えばさっきの話で言うと、甘えられる人がいなかったからルイは頼ることが苦手で、全部1人でやろうとしてしまうんだ。ルイに関して、俺はそれを一番心配していた」

　まるで兄のような表情で、テオドール様はルイ様のことを語った。その表情はとても優しくて、思いやりに溢れている。

「だけど、最近はルイのことを、あまり心配いらないかなって思うようになったよ」

「どうしてですか？」

「壁を壊してくれるような、ラシェル嬢が側にいるから」

「私は何も……」

「ラシェル嬢には、ルイはまだまだ甘え下手に見えるかもしれないけど、俺からしたら凄い進歩だと思うな。だって、あのカッコつけたがりのルイが、触れてほしくない部分をラシェル嬢に見せたんだろう？」

「ですが、私は方法を間違えてしまいました」

「正直、正しい方法なんてないと思うけど。元々隠していた本心を、暴《あば》かれることを恐れたんだろうな。好きな相手ならなおさら、自分の嫌な部分やカッコ悪いところなんて見せたくないじゃん」

舌《した》を出しながら、いたずらっ子のような顔でテオドール様は言った。

「好きな相手のカッコ悪い部分だって、隠してる部分だって、何でも知りたいって思うかもしれない。けどさ、見せられないことも苦しいものだよな」

――見せられないことも苦しい、か。

確かに私も、一度自分が死んで、その3年前からやり直したことを隠していた。それをルイ様に伝えられず、秘密にしていたことを心苦しく感じていた。

だけどルイ様は、私が何か隠していると知っていても、問いただすことなど一切なかった。無理に聞き出す真似《まね》はしない。もし打ち明けたくなったら、教えてほしい。そう言ってくれたルイ様に、どれほど救われたか。

「……ルイ様は、私が秘密を抱えていると分かりながら、知らないふりをしてくれていたんです。ずっと」

「ルイらしいな」

「はい、とても」

ルイ様は人の痛みをちゃんと知っている。だから、その痛みに目を向けて、相手が何を求めているのかを理解しようとしてくれる。それは、相手を本当に思いやっていなければできないことだ。

「ルイにとって、いつだって真正面からぶつかってきてくれるラシェル嬢は、眩しい存在だと思うよ」

テオドール様は凄い。いつも答えを出すことなく、背中をそっと押してくれる。私の視野の狭さを気づかせて、さりげなく広げてくれる。

「テオドール様、ありがとうございます。……私、もう少し悩んで、考えてみます」

「あぁ。そうだな」

その時、膝で大人しくしていたクロが、花壇を飛ぶ蝶《ちょう》に気がついて、飛び降りて追いかけ始めた。

クルクルと楽しそうに駆け回るクロは愛らしく、私とテオドール様は静かにその様子を眺めていた。

◆◇◆◇◆

あれから数日が経ったが、ルイ様とはあの時を最後に顔を合わせる機会がない。

正確には、私がルイ様の部屋を訪ねるのをやめてから顔を合わせていない、と言ったほうが正しいだろう。

あんなにも拒絶を露わにしたルイ様を見たことがなかった。気まずさがないと言えば嘘になる。だけど、一番の理由は、私がルイ様を理解する時間が今は必要だったから。

自分のことを欠陥品と言ったルイ様はきっと、私にまだ見せていない姿がある。

そんなことはない、と否定するのは簡単にできる。だけど私は、ルイ様が綺麗に隠していた劣等感を、理解したいと思った。

理解できなければ、ルイ様はまた仮面を綺麗に被ってしまう気がした。

「……様、ラシェル様？」

「は、はい！」

「どうかなさいました？　先程からぼんやりとされているようですが」

「も、申し訳ありません」

隣に座る令嬢から声をかけられ、ハッと顔を上げる。

――招待された舞踏会の最中だというのに、また考え事をしていた。しっかりしないといけないのに。

何より今日ここにいるのは、ルイ様から託《たく》された目的を果たすためだったのだから。

私は夫人や令嬢たちからオルタ国王とオーレリア様のことを探るために、社交の場に積極的に参加している。

闇の聖女という肩書きは、こういう時にとても便利だ。オルタ国で闇の精霊王は信仰の対象だ。その精霊王から加護《かご》を受けた私と関わりを持ちたい人たちは多く、有力貴族からお茶会や舞踏会などへの様々なお誘いがある。

女性たちの噂話は、情報収集という観点でとても重要なものだ。煌《きら》びやかなシャンデリアの下、ドレスを綺麗に着飾り、美しい微笑みを浮かべる裏で、退屈を紛らわす術を探しているのだから。スキャンダルや人の不幸、それらは、他人事であれば、何よりも楽しいスパイスになる。

今日もまた、オルタ国の３大公爵家の１つが主催する舞踏会に招かれていた。何度か社交界に顔を出して馴染みになった令嬢たちと話したが、今日はもう目ぼしい情報は得られそうにない。

――もう少し時間を潰せば、あとからリカルド殿下とバンクス夫人が合流するはず。そうしたら、一緒に帰ることにしましょう。

「ラシェル様はご婚約者のお加減も心配でしょうし、慣れない土地では気が休まらないことも多いでしょう？」

「そんなことはありません。皆様と親しくしていただいて、本当に有難いですから。それに、殿下の加減も回復してきておりますので」

「そうですか。それなら安心しました。もしよろしければ、2階に休憩室があるので少し休んできてくださいね」

「それでは、お言葉に甘えて」

今日の主催者のご令嬢が、友好的な笑みを浮かべて提案してくれた。彼女とはここ最近、よく顔を合わせる。屋敷も荘厳で代々近衛《このえ》騎士を務める家柄だそうだが、流行に敏感な令嬢は同年代の女性たちのリーダー格のようだった。

正直、最近は考えることが多く、あまり寝つきがよくない。そのため、ご厚意に甘えることにした。

令嬢が侍女を呼ぶと、休憩室まで案内してくれた。部屋の前には警備の騎士が数人立っている。リカルド殿下かバンクス夫人が到着し次第、伝えてくれるよう侍女に言付《ことづ》けた。

部屋に入った私は、ソファーに腰掛けて「ふうっ」と小さく息を吐く。

いくら社交の場に慣れているとはいえ、連日のお茶会や舞踏会で疲れが溜まっていたようだ。軽く閉じるだけ、と思いながら目を瞑《つむ》ると、ウトウトとしてしまった。そして、いつの間にかそのまま眠りに就《つ》いてしまった。

どれぐらい経ったのか、カタッと物音がした気がして、ハッと目を覚ます。

——まずい……眠ってしまったみたい。どれぐらい経ったのかしら。

もしバンクス夫人たちが既に到着しているようだったら、待たせてしまうことになる。慌てて時計を探そうと視線を動かす。

「おや、お目覚めですか？」

その声に隣へと顔を向けると、そこには私の顔を覗き込み、楽しそうに笑うファウスト殿下がいた。

「な、なぜ……」

微睡《まどろ》んでいた脳は一瞬のうちに覚醒《かくせい》し、冷静に状況を確認しようと辺りを見渡す。

休憩室のチェストに置かれた時計を見ると、私がこの部屋に入ってから15分しか経っていないようだ。

目の前のファウスト殿下は、一人掛けのソファーで足を組みながら、テーブルに置かれたブランデーをロックグラスに注いだ。

トクトクとブランデーが注がれて、氷がカランと鳴る音が耳に響いた。

「……ファウスト殿下、どうしてこちらに？」

今にもこの部屋を飛び出して、助けを求めに走りたいのをグッと堪《こら》え、今自分がどうするのが最善なのかと必死に頭を働かせる。

もし目の前にいるのが第二王子のリカルド殿下や第三王子のイサーク殿下であれば、こんなにも警戒する必要はない。けれど、相手はファウスト殿下だ。

数回しか会っていない。それでも、双子のリカルド殿下と似た容姿をしながら、顔から滲《にじ》み出る傲慢さと卑屈さが苦手だ。

「ここは、私の従兄弟《いとこ》の家だからな。私が舞踏会に来ていても不思議はないだろう？」

「……部屋の前には、騎士がいたと思いますが」

「それこそおかしなことだな。私はこの国の第一王子だ。この国で、私の入れない場所などない」

嘲笑《ちょうしょう》の色を浮かべながらグラスを呷《あお》るファウスト殿下は、悠然とした態度を崩さない。

——まるで初めから準備されていたような状況……。疲れからぼうっとしていたと思ったけど、もしかすると舞踏会でグラスに薬でも盛られていた？

となると、あの令嬢がこの部屋に私を案内したのも、ファウスト殿下の指示だったのかもしれない。

「……ご用件は何でしょうか」

「君は意外とせっかちなようだな」

ファウスト殿下は、トレーから1つ空のロックグラスを手に取ると、アイスペールから水晶のように透明感のある丸氷を入れ、そのグラスにブランデーを注いだ。

「一緒に一杯どうかな？」

「結構です」

グラスを差し出すファウスト殿下を、キッと睨《にら》みつける。

「嫌われたものだな。……君の婚約者はリカルドを推したいそうだから、私は敵ということかな」

そうだ……今日の舞踏会は元々、リカルド殿下、バンクス夫人と来るはずだった。それが出発直前に問題が起きたからと、私が1人で先に来ることになった。

それも仕組まれていたのだとすれば、間違いなくこの状況はまずい。何とかして、助けを求めなければならない。

だとしても、リカルド殿下がいつ到着するのか分からないし、言付けをした侍女がファウスト殿下の手の者なら、助けを待っていても来ない可能性が高い。

「今すぐここから出ていってください。……いえ、いいです。私が出ていきますから」

「それは困るな。私は君と親しくしたいと思っているのだから」

近づいてきたファウスト殿下は、私の髪を一房掬《すく》うと唇を寄せた。その瞬間、恐怖とも嫌悪とも呼べる悪寒《おかん》が全身を襲った。

「やめてください！　声を上げますよ」

恐怖心で手をパシンと跳ねのけると、ファウスト殿下は可笑《おか》しそうに腹を抱えて笑い声を上げた。

「それはいい！　ぜひそうしてくれ。休憩室で男女が一緒にいるのを、この屋敷にいる者たちにしっかり見せるのはいい手だな。……まるで私の母のような狡猾《こうかつ》さだ」

何がそんなにも面白いのか、ファウスト殿下はひとしきり笑うと、私の腕を掴んで耳元で脅すように囁いた。

「そうすればどうなるか分かるか？　傷物と噂されれば、君はルイ王太子殿下の婚約者ではいられなくなるだろうな。……だが、私はそんなあなたでも拾って差し上げよう」

はなからこの展開を期待していたのだろう。蛇《へび》のような目をしたファウスト殿下は、嫌らしくニヤリと口角を上げた。

「あなたの目的は何ですか」

「私の目的？　そんなのは決まっているだろう。王太子の座だ。オルタ国王の後継者だ！　それ以外には何もない！」

急に苛立《いらだ》ったようにファウスト殿下は私に背を向けて、カツカツと足音を立てながら窓の側まで行くと、壁を拳でガンッと勢いよく叩いた。

後ろ姿は僅かに震えており、全身から怒りが伝わってくるようだった。そして、振り返った彼の目は、赤く充血して頭に血が上っているのが遠目からも分かる。

止まらない怒声に、体が震えてしまう。私は自分を落ち着かせるように、両腕をギュッと抱えた。

だが、なおもファウスト殿下は、苛立ちが収まらない様子で何度も壁を叩いた。

「今、私がこんな状況に陥ったのも、全部母上がしくじったせいだ。あいつ……リカルドにまで馬鹿にされて。こんなの許せるはずがないだろう！　私のものなのに。この国の全ては私のためにあるのに！」

――この人は、国を何だと思っているの？　国も、ここに住む民も、自分のおもちゃとでも思っているの？

まるで駄々《だだ》を捏《こ》ねる幼子だ。こんな人が一国を治めるなんて、考えただけでゾッとする。

ファウスト殿下は顎をしゃくり、ギリっと奥歯を噛みしめながら、眼光鋭くこちらに視線を向けた。

「だから私は、母上なんかに頼らず、1人で後継者の座を取りに行くと決めた。……鍵《かぎ》はお前だったんだ」

「な、何を……」

「何のためにここに来たと尋ねたな。あんな母親でも、望みを叶えるためには他人のものを奪ってもいいという教えだけはまともだったな。母上が父上に使ったのと同じ手を、まさか自分がすることになるとは思ってもいなかったが」

ミネルヴァ様がオルタ国王に使った手？　この人は一体何を言っているの。

怒号が落ち着いたことよりも、何を考えているのか分からない気味の悪さに、私は一刻も早くここを逃げ出さなければと、急ぎドアまで走る。

――早く、早くここから出ないと！　誰か！

焦りで足がもつれ、ドアノブにかけた手が滑る。急いでドアノブをガチャガチャと動かすも、ガンガンと音を立てるだけでドアは開かない。

「開くはずないだろう？　言ったはずだ。この屋敷には私の言うことを聞く人間しかいない、と」

ファウスト殿下はうっそりと怪しく笑いながら、ゆっくりと一歩一歩、こちらに近づく。

私の口からヒッと引き攣《つ》る声が漏れる。

「ここに来た目的を聞きたいと言っていたな。いいだろう、教えてやる。……既成事実とやらを作りに来たんだ。お前と私の」

ファウスト殿下の今までの言動と下品な笑みから予想はしていたが、いざ本人の口から発言されると、より一層気分が悪くなる。今、鏡を見れば、私の顔は真っ青になっていることだろう。

「お前は私の妻になればいい。闇の聖女を娶《めと》れば、今の状況は逆転する。全てがうまくいくんだ！」

「そ、そんなことが許されるはずがないでしょう！」

「どうかな？　幸い、私はオルタ国の第一王子、お前はデュトワ国の侯爵令嬢。身分は釣り合うし、何より同盟国だ。私に嫁ぐ以外の選択肢を潰すことなど造作《ぞうさ》もない」

——妻ですって？　私が？　この人の？　それは……つまり。

「……ルイ様以外に……嫁ぐ……ですって？」

意図せずポツリと呟いた声は、沈黙が生まれた瞬間よく響いた。

——自分のエゴを通すために、私の全てを奪うと？

「……何を……言っているの？」

ファウスト殿下の勝手な物言いに、サーッと頭から血が引くのを感じた。人は怒りが極限を超えると冷静になるというのは、どうやら本当のことらしい。

ファウスト殿下の怒鳴《どな》り声に震えていた私は、もういない。

「……何だ、その目は」

一切の表情を消した私に、ファウスト殿下は眉を顰めながら舌打ちをした。そして、大股でこちらまで近づき、真っ赤な顔で私を見下ろした。

だが、私もここまで言われて黙っているつもりはない。何より、不思議なほどに頭だけでなく、心の奥底までが冷えている。

「おい、聞いているのか！」

私の態度に、ファウスト殿下の手が腕に伸びる。だが、それをパシンッと跳ねのける。

「なっ！」

「私はあなたに従わない」

「お前、生意気《なまいき》だな。……私が誰か分かっているのか」

「あなたこそ、私が誰なのかご存知ないようですね。なぜあなたと関係のない私が、あなたの思うように動くと思っているのですか？　ましてや、妻になどなるはずがないでしょう。私は

……デュトワ国王太子、ルイ・デュトワ様の婚約者なのですから」

「……お前！」

「私の夫になるのは、ルイ様以外あり得ないのです」

言い返されるなど思ってもいなかったのか、ファウスト殿下は言葉を失って瞠目した。

「何だと？」

「あら、理解できなかったのでしたら、何度でも言いましょうか。何があろうとも、私が選ぶのはたった1人だけです」

「自分が選ぶ立場だと思っているのか？　お前たちのような無能な奴らは、私が価値を与えてこそ存在が許されるんだ」

「……あなたこそ、生まれた身分だけで、選ばれた人間と思っているなら大間違いです。今のあなたは、次期後継者を争う立場からもじきに降ろされるでしょう。……王としての器《うつわ》は、リカルド殿下の足元にも及ばない」

「何だと？」

私の言葉に、ファウスト殿下は目尻をピクリと動かし、わなわなと身を震わせた。

「言うことを聞かないのならば……ここで死ぬか？」

額の血管を浮かび上がらせながら、ヒクッと口を歪めたファウスト殿下は、腰元の剣を一切の躊躇《ちゅうちょ》なく抜くと、私の喉《のど》スレスレに突きつけた。

きっと剣を見せれば私が慌てふためくとでも思ったのだろう。だが、そんなことをされても私はファウスト殿下から目を逸らさず、視線を真正面から受け止める。

「あなたが私に指1本触れられるとでも？　私は闇の精霊王より加護を授けられたのですよ。弟君たちより魔力量が少なく、剣術の腕も磨《みが》かなかったあなたが、私に何をするですって？」

少し前の私であれば、ファウスト殿下の脅しに泣いて震えたのかもしれない。けれど、今の私は自分の武器が何かをよく知っている。そして、それを扱う術も。

テオドール様に、リカルド殿下に、そして闇の精霊の地でネル様に、私は魔術の扱い方を一から教えてもらったのだから。

「あなたより、私のほうが強い」

かつては多いだけで使いこなせなかった魔力を、目の前の相手が私には取るに足らない相手だと分かる程度には、今は使いこなせるようになった。

「どいつもこいつも……私を侮辱するな！」

剣を強く握りしめたファウスト殿下は、それを高く振り上げた。その瞬間、私は体の中の魔力を一点に集中させる。

そして術の発動のために口を開けた瞬間。

――ドカッ！　カキンッ！

私の真後ろにあるドアが勢いよく開かれた。それと同時にファウスト殿下の剣が高い音を立て、何かに弾《はじ》かれたように遠くへ跳ねのけられた。

「そこまでだ」

その声にハッとし、すぐに振り返る。

そこには眉を寄せて冷え冷えとした目で、前を睨みつけるルイ様がいた。

「ルイ様！　なぜ……」

後ろから私の肩に腕を回して抱き寄せたルイ様は、剣を弾かれた拍子に尻餅《しりもち》をついたファウスト殿下に剣を向けた。

「動くな！」

弾かれた剣を取ろうと、体を捻《ひね》ったファウスト殿下に、ルイ様はすかさず剣を振り下ろす。剣の風圧でファウスト殿下の髪が揺れ、殿下は顔面を蒼白《そうはく》にして歯をカタカタと揺らした。

「ラシェルが舞踏会へと出かけた直後、バンクス夫人が訪ねてきた。ファウスト殿下が怪しい行動をとりそうだと、そう知らせてくれた」

「それと、ここまでは俺が連れてきたってわけ」

「テオドール様も！」

ルイ様の後ろからひょこっと顔を出したテオドール様は、ファウスト殿下の姿を見て「だっさ」と、ポツリと呟く。さらにパチンと指を鳴らすと、テオドール様の手の先から現れた蔦《つた》が、シュルシュルとファウスト殿下の体を囲み込む。

テオドール様は魔術であっという間に、ファウスト殿下を器用に拘束《こうそく》していった。

「何だ！　おい、取れよ！」

手首と腹部、そして足首を、蔦でキツく巻かれたファウスト殿下は、何とか脱出しようと喚《わめ》く。だが、もがけばもがくほど、蔦はガッチリと体に食い込んで自由を奪われていく。

「はい、いっちょ上がり。これどうする？　……前にちらっと見かけた時より、随分とオーラがどす黒く濁っているな。なんか変な薬物でも摂取《せっしゅ》したか？」

テオドール様はパンパンと手を叩くと、顔を横に傾けてファウスト殿下を指し示す。視線を向けられたルイ様は、深いため息を吐いた。

「おかしな薬を使わなければ、精神を保てなくなってしまったのか。……嘆かわしいな」

――おかしな薬？　ファウスト殿下のこと？

「……薬物？　どういうことでしょう？」

私の問いに、ルイ様は身動きがとれなくなったファウスト殿下に近づくと、彼の胸元の内ポケットから小さな小袋を取り出した。ファウスト殿下はその小袋を愕然とした表情で見つめると、「なぜ」と驚きに目を見開いた。

「あぁ。とある筋から情報を仕入れたよ。お前が最近手を出した薬物について、な。肌身離さず持ち歩くとは、警戒心がないのでは？」

「貴様に何が分かる！　生まれた時からその座を当たり前のように享受《きょうじゅ》しているような奴に、私の苦悩など分かるはずもない！　無能だと嘲笑《あざわら》われ、役立たずだと落胆され、価値のない奴だと蔑《さげす》まれる経験などしたことのない奴に」

ルイ様を憎々しげに睨みつけたファウスト殿下に、ルイ様はハッと鼻で笑った。

「あぁ、分からないな。私は無能でも役立たずでも価値のない奴でもないからな」

「何だと……」

「自分で自分の価値を高めようともせず、欲しいものは人から奪えばいいと思っている奴に、価値なんてあるわけがないだろ」

吐き捨てるように言うルイ様は、ファウスト殿下を冷めた目で見下ろす。

「もちろん、この件は、しっかりと報告させてもらう。覚悟しておけ」

「闇の聖女であるラシェル嬢に剣を向けたことは、ちゃんと俺とルイが証言するから。それに違法薬物の件も、リカルド殿下がすぐに調べてくれると思うよ。オルタ国王は身内にも相当厳しいと聞くから、どんな処罰になるだろうな」

ルイ様の言葉に続くようにテオドール様はニヤリと笑いながら、ファウスト殿下の顔を覗き込んで煽《あお》る。表情は笑みを浮かべながらも、今すぐ八つ裂きにでもしてしまうのではないかと思えるほどの殺意が込められていた。

屈辱にまみれた真っ赤な顔で、ファウスト殿下は今にも飛びかからんばかりに暴れようとする。それを見たテオドール様が、すかさず蔦をさらに何重にも巻きつけた。

「くそっ！　なんで私ばっかり！　なぜあいつばかり」

「あいつばかり、か。口癖《くちぐせ》のようにいつも言っているのだろうな」

「リカルド……私の幸福を吸い取るあいつは、疫病神《やくびょうがみ》だ。なぜ、なぜ……」

怨念《おんねん》の籠った口調で唸《うな》るように呟くファウスト殿下に、ルイ様は一歩近づく。

「誰しもが嫉妬や劣等感を持っている。自分は自分だと割り切れ、なんて理想論を言うつもりはない。だが、お前の不幸は、出来のいい双子の弟がいたことか？　それとも、母親からの異常な執着を振りきれなかったことか？　違うだろ。……考えることをやめたからだ」

ルイ様の言葉は、私の胸にも直接響く。

考えることをやめた。それが不幸の始まり、か。私も王太子の婚約者という立場に固執《こしつ》してしまったことが原因で、嫉妬に狂い、周りの全てが自分の敵だと思い込んでいた過去がある。ファウスト殿下のことを、ただの考えなしの行動だと馬鹿にできない。

――彼はある意味、昔の私の姿なのだから。

だけどそこで、ファウスト殿下は逃げ方を間違えてしまった。

「甘い言葉をかけてくれる人間で周りを固め、薬や酒に溺《おぼ》れて、楽なほうに逃げたからだ。逃げることと全てが悪いことではないが、逃げるのなら、心が死なないほうに逃げるべきだったんだ」

俯《うつむ》く私の耳に、ルイ様の声が真っ直ぐに届く。

「……私の苦しみなど、誰にも分かるはずなんてない」

「当たり前だろう。お前の気持ちを知るのはお前だけだ。人の心のうちなど他人は知る由《よし》もない」

――なぜ私の辛さに誰も気がついてくれないの。なぜ欲しいものを奪っていくの。過去の私もそんな幼児が駄々を捏ねるような思考をして、大切なものを自ら手放してしまった。

いくらミネルヴァ様が足掻《あが》こうとも、こんな事件を起こした以上、彼が王太子の座につくことは今後あり得ないだろう。

過去は変えることができない。だけど、それでも人生は続いていくんだ。ファウスト殿下も、彼が望む人生を歩むことができなくなっても、苦しみの中で生き続けなければいけない。

その状況を作り出したのは自分自身の選択だったから。だけど、1つだけ変えられることがある。

「今からどうするか、です。ずっと嫉妬と憎悪の世界にいて他者を羨《うらや》む虚《むな》しい人生を送るのか、そんな自分を断ち切るのか。あなたの考えと行い次第で変わります」

「綺麗ごとを抜かすな！　一番欲しいものが得られない人生など必要はない！」

「……それは、本当にあなたが欲しかった人生なのですか？　本当にあなたにはそれしかないのですか？」

「それしか……当たり前だろう。私は……国王になるために生まれ……それ以外は」

「本当に？　あなたが、それを望んだのですか？　いつからそれを当たり前だと思うように？」

「いつから……。そんなのは生まれた時から……」

ファウスト殿下は混乱したように、呆然とした顔でボソボソと呟く。「いつ」「母上が」と小さな呟きだけが聞こえる。

――きっと彼は色んなことを諦《あきら》めて、考えることを放棄した。過干渉な母親の言葉が、自分の意思だと思い込むほどに。

けれど、ファウスト殿下の人生は、ミネルヴァ様のものではない。それに本人が気づかない限り、本当の人生を歩むことはできない。

「ルイ、ラシェル嬢。あとは俺がどうにかするから、先に帰っていいよ」

ソファーにドカッと腰を下ろしたテオドール様は、長い足を組みながら左手をひらひらと振った。

ルイ様は頷き、「あぁ」と返事をすると私の腰を抱いた。

「分かった。助かるテオドール。ラシェル、もうすぐリカルド殿下が来るだろうから、あとはテオドールとリカルド殿下に任せて、行こう」

「……はい」

私は混沌とした状況に後ろ髪を引かれる思いで、屋敷をあとにした。

◆◇◆◇◆

王宮に戻る馬車の中で、私はルイ様に頭を下げた。

「ルイ様、ありがとうございます。ルイ様の計画上、人の多い場所に出るのはまずかったですよね」

「気にしなくていいよ。君の安全が守られなければ、私の計画なんてないのだから。何度も言っているけど、私の最優先はラシェル、君だからね」

何でもないことのように微笑むルイ様に、胸がじんと熱くなる。いつだって、ルイ様は私を想ってくれて、最優先にしてくれる。私のために今まで培《つちか》ってきたものを投げ捨ててしまうのではないか。そんな想像さえしてしまう危うさもある。

その気持ちが何より嬉しくて、目頭《めがしら》が熱くなる。だけど、私という人間が、ルイ様の負担になってしまうのは何よりも嫌だ。

「それでも、いざとなったら私も十分に立ち向かえる強さはありますから。私のために全てを犠牲にしないでほしいのです」

「ラシェル、君のために犠牲にしたことなどひとつもない。全部、自分のためなんだ。私が君に傷ついてほしくないから、私が君を守りたいからなんだ。……利己的な考えだろう？」

眉を下げて困ったように微笑むルイ様に、今すぐ抱きついてしまいたい衝動を抑え込む。

「君の強さを疑っているわけではないんだ。……そこは信じてほしい」

膝の上に置いた私の手に、ルイ様の手が重なる。温かい熱がじんわりと伝わってくる。視線を合わせると、月夜に照らされた海の色をした、吸い込まれそうな瞳が私を捉える。

「……肝《きも》が冷えたよ。ファウストのことはもちろん警戒していた。だが、ここまで短絡的な行動に出るとは。親が親なら子も子だな」

深いため息を吐いたルイ様は、私の手をギュッと強く握った。

「……すまない」

「え？」

「先日、私のために言葉を尽くしてくれた君に、当たる真似をした」

「そんな！　私こそ、ルイ様の気持ちを考えず……謝らなければいけないのは私のほうです」

今日の事件がなければ、未だに私とルイ様は、互いに気まずい感情を抱えていたかもしれない。でも、お互いの価値観が違うのは、別に悪いことではないのだと思う。

お互いの譲れない部分、あるいは譲歩できる部分は、対話でしか分からないのだから。

私はルイ様のことを知りたいし、ルイ様が笑って過ごせる日々を一緒に過ごしたい。だからこそ、ルイ様の想いを知って私の気持ちを伝えて、その上でルイ様の一番側にいる理解者になっていきたい。

それに、今日のことでよく分かった。私にとって母からの愛は、いつだって包み込んでくれる、温かくて守られた場所だった。

だけど、人によっては違う。

「私、ファウスト殿下を見て思ったのです。愛情とは……一歩間違えれば、呪縛《じゅばく》にもなり得るのだと」

「呪縛？」

「ミネルヴァ様は、ファウスト殿下を王太子にするために人生を捧《ささ》げてこられました。……それがファウスト殿下のためと思って。ですが、過度の期待をかけられ、幸せの形を決めつけられたファウスト殿下は、心を壊されてしまった。……まるで呪《のろ》いですよね」

ファウスト殿下の様子は、母親との共依存のように見えた。母親の言うままに生きて、それで失敗したら癇癪《かんしゃく》を起こす。大人になりきれていないファウスト殿下も、子供の人生を自分のことのように思い込んで子離れできないミネルヴァ様も、どちらも互いの首を絞め合うように窮屈に見える。

互いが互いの足枷《あしかせ》になっても、なお鎖で繫がれていて離れることができない。自分がその状況に置かれたら息苦しいと思う。

「親子の形とは難しいものだな」

と、ルイ様は私の言葉に深いため息を吐いた。

「確かに血の繫がりは愛情を生むのかもしれない。でも、それが子への本当の愛なのか、自分の付属物であり所有物と考えての愛なのかは全く別のものだ。後者が本当に愛しているのは、子供ではなく自分なのだからな。本当に愛しているのであれば、大切な相手を自分のエゴで思い通りにしようなんてしないはずだ」

「本当の愛って何でしょうね。転ばないように舗《ほ》装《そう》した道だけを歩かせて、障害物を排除するのも一種の愛かもしれません。でも、それでは1人で歩く方法を取り上げているようなものです」

「ラシェルだったら、どうする？」

「そうですね。私の両親は、私の自由にさせてくれたと思います。ですが……幼い時、私が転んで大泣きした時に、母は『痛かったね』と抱きしめてくれました。その時は、痛くても、母の温かさで痛いのが飛んでいったように思います。だからこそ、怖さもなくのびのびと自由に1人で歩いていけたのかもしれません」

今思えば、幼い頃はいつだって両親が側で見守っていて、沢山の愛情をかけてくれた。成長してからは、近くにいなくても、相談すれば話を聞いてくれた。

それでも決して意見を押しつけることはなく、あなたはどうしたいのか、と考える機会を私から奪うことはしなかった。結果的に私が失敗したとしても、私の選択を尊重してくれた。

「私も、自分が親の立場なら、両親のように関わりたいです」

「いい親御《おやご》さんだな。だからラシェルには、誰かがつまずいた時に迷わず手を差し伸べる優しさがあるのだろうな。君がご両親から教えられた通りに」

穏やかな微笑みを眺めながら、私はまたひとつルイ様に教えられた気がした。

ルイ様はいつだって私を尊重してくれて、私が何をしたいのか、どう考えているのかを大事にしてくれる。それがルイ様の愛情だから。

それなのに、私は自分の物差《ものさ》しや経験からしか、ルイ様の幸せを見ていなかったのだろう。

「ルイ様がオーレリア様を拒むのは、幼いルイ様がそうしなければ生きてこられなかったからですよね。それなのに、私が勝手にルイ様の幸せを決めつけて、対話を望んでしまった。……ルイ様は、そんなことを望んでなどいないのに」

「ラシェル……」

「人は相手への好意と悪意によって、同じ事実を別の解釈で見てしまうものです。……ルイ様は事実のみを冷静に判断しようとしていたのに、私は感情で動こうとしてしまいました。大きな間違いです」

「いや、そうではない。私だって同じだ。……今更、母上と話をして、あの頃も本当は愛していたと言われても、何の感情も湧かないんだ。それを求めていた幼い私はもういないし、私に息子としての関係を求めてほしくもない……何より、これ以上失望したくない」

ルイ様の言葉は、これ以上失望したくないというほどの経験を、これまで何度もしてきたということ。

「私が一番大事なのは、ルイ様の心です。ルイ様が望まないのであれば、無理にオーレリア様との関係を修復する必要はありません。……そんなことにも気がつかず、本当に申し訳ありません」

「ラシェル、いいんだ。私のことを想ってのことだろう？　だったら、もう気に病まずに笑っていてほしい」

気遣うように微笑むルイ様に、私はキュッと胸が締めつけられ、さらにルイ様が愛おしくて泣きそうになる。

「ルイ様はどこまで私を甘やかすのですか」

「どこまでも。それが私の愛し方だからね」

——あぁ、私が愛した人はどこまで素敵な人なんだろう。

月明かりに照らされたルイ様の笑みが、より一層光り輝く気がした。ゆったりと進む馬車の揺れを感じながら、私はルイ様と過ごす時間で彼のことを知れば知るほど、何度も何度も好きになるのだと実感した。

私とルイ様が2人きりでいる、王宮に戻る道中のこの穏やかな時間が、できるならずっと続いてほしい、と願ってしまった。

王宮に着くと、秘密裏に部屋に戻れるようにリカルド殿下が手配してくれていた。ひっそりとした廊下をルイ様と共に歩いた。

重苦しい雰囲気もなくなって談笑する中、ふと気になったことを聞いてみた。

「……ところで、ルイ様はいつから扉の前にいたのですか？　物音が全くしなかったので」

「そう？　王宮から扉の前までは、テオドールの魔術で飛ばしてもらったんだ。で、大声を上げられたり応援を呼ばれたら困るからね。ひっそりと近づいて、部屋の前にいた騎士たちを気絶させたんだ」

――なるほど。さすがにあの状況でも、扉の前で大騒ぎになっていれば気がつく。テオドール様の魔術を使っていたのなら、納得がいく。

けれど今の返答で、もうひとつ疑問が浮かんだ。

「ちなみに、私とファウスト殿下の会話をどこからお聞きでしたか？　随分と恥ずかしいことを口にしていた気がして」

思い返すと、かなり強気に出ていた自覚はある。

ルイ様は、うーんと腕を組みながら考え込むと、頬を僅かに染めながら嬉しそうに目を細めた。

「ラシェルが……私以外に夫はいないと言っていた辺りから」

「えっ！　そこからですか？　……そんな、恥ずかしい。でしたら、もっと早く入ってきてくださればよかったのに」

「すまない！　一刻を争うというのに、ラシェルの言葉に感動してしまって……舞い上がってしまったんだ」

頬を膨《ふく》らませて拗《す》ねる私に、慌てたルイ様は手を合わせて謝罪した。

こうやって軽口を言い合うのも、久しぶりのような気がする。そう思ったのはルイ様も同じだったようだ。

ルイ様と私は目を合わせて、一瞬の沈黙のあと、クスクスと笑い合った。

3章　聖女伝説の謎

翌日、イサーク殿下に誘われた場所は、二の宮に面した庭園の奥にある、木々に囲まれてひっそりと佇《たたず》む神殿だった。アイボリーの石造りの神殿は、中に入ると外観では分からなかったほど天井が高い。壁の上部から天井にかけて一面に広がるステンドグラスは、太陽光でキラキラと瞬いている。

思わず見入っていると、後方から靴《くつ》の音がこちらへと近づいてくる。

振り返るとそこには、バンクス夫人とリカルド殿下が共に並んでいた。

「今回のことは大変だったわね。甥《おい》たちを心配していたのだけど、まさかファウストが事件を起こすだなんて……」

「本当に申し訳ありません」

どうやらイサーク殿下が私を今日誘い出したのは、昨日の件の報告と謝罪のためのようだった。

リカルド殿下は、調査がまだ片付いていない段階にもかかわらず、時間を作ってくれたようだった。

「いえ、皆様も大変な中、わざわざ状況を説明してくださるために、ここに誘ってくださったのですよね。ありがとうございます」

「そんな、とんでもありません」

感謝の言葉を述べると、イサーク殿下が恐縮したように両手を左右に振った。

「あんなことがあったばかりだし、昨日から城は随分と慌ただしくて、ラシェル様もなかなか休めないでしょう？　どこから噂が広がったのか、朝から貴族たちの出入りも多いのよね」

「あの……」

「妹のこと、よね。……随分とファウストに入れ込んでいたから、どんな行動に出るか分からないわ。陛下には私から注意するように伝えておくわ」

バンクス夫人は、目を伏せると頭を下げた。

「我が国のことに巻き込んでしまってごめんなさい。この国は……もう腐《くさ》り切っているのよ。昔はオルタこそ聖女伝説を引き継ぐ国だと信じていたけど」

聖女伝説を引き継ぐという、バンクス夫人の言葉に、首を傾げる。

「この国の聖女伝説とは、デュトワ国のものと同じということですよね」

デュトワ国内の数ある神話や伝説の中で、一番人気があるのは聖女伝説だ。

聖女伝説は、建国王と初代聖女の話が主で、今も多数の歴史書や小説、絵本、そして演劇などで語り継がれている。

オルタ国とデュトワ国は元々1つの国だったため、オルタ国で同じ話が伝承されていてもおかしくない。

だが、バンクス夫人は私の言葉に、首を左右に振った。

「いいえ、オルタ国の聖女伝説は、デュトワ国のものとは少し違うわ」

「そうなのですか？　あっ、闇の精霊が関係しているのですか？」

「そう、その通り。……その昔、デュトワとオルタが1つの国だった頃、闇の精霊と光の精霊は同列の神だった。聖女も闇と光の2人が、同時期に現れていたの」

――光の聖女と闇の聖女……2人が、同時に？

戸惑う私に、リカルド殿下は神妙な顔で顎に手を当てた。

しばらく考え込んだあと、「ついてきてください」とだけ言うと、神殿の奥の1カ所に手をかざして、何かの呪文《じゅもん》を唱える。すると、今までなかったはずの隠し扉が出現した。

突如出現した、小さなすりガラスが嵌《は》め込まれた木製の扉に戸惑う私に、リカルド殿下はどうぞと中に案内する。

中へと入ると、質素な扉にもかかわらず、そこは先程までいた神殿と同じぐらい広い空間だった。

無数の絵画が壁に飾られ、扉から真っ直ぐに繋がる赤い絨毯《じゅうたん》の先には、大理石の祭壇。そのサイドには大きなガラスケースが置いてあり、中にブローチや髪飾り、本といった、色んなものが飾られているようだった。

「ここは？」

「この部屋の呪文を王族のみが知る、隠し空間……といったところですかね。ここは、先程まででいた神殿と造りは同じです。ご覧の通り祭壇もある。王族専用のもうひとつの神殿と考えてください」

辺りを見渡す私に、リカルド殿下は壁に並んだ絵を指した。

「この絵を見てください。これは国を二分する時の聖女たちです。光の聖女は後ろ姿ですが、こちらの黒髪の方。この方がオルタ国建国の妃、闇の聖女様です」

ティアラを頭に飾り、ネイビーのドレスで微笑む女性――この方が、先の闇の聖女。

胸元まであるストレートの黒髪は艶やかで、意志の強そうな茶色い瞳は真っ直ぐにこちらを向いている。

「……あなたに似ているでしょう」

イサーク殿下の声に隣を見ると、殿下はまるで少年のようにキラキラとした瞳で絵を眺めていた。

「この方が……」

「イサークはこの絵が昔から大のお気に入りでね。……何でもこの部屋に初めて入った日に、一目惚《ひとめぼ》れしてしまったのですって。嫌なことがあると、いつもここにいたのよね」

「伯母上！　10年も前の話ですから」

バンクス夫人がクスリと笑いながらイサーク殿下へと目線を運ぶと、殿下は恥ずかしそうに口を尖《とが》らせた。

「それもあってか、勉強はからっきしなのに、聖女伝説に関してだけは詳《くわ》しいのよね。地方に放置されていた古い書物や関連品まで見つけてきたりして、ね」

「勉強だってそこそこはちゃんとしてましたよ。……ですが、そうですね。俺にとって強さと優しさを兼ね備えた闇の聖女様は、憧れの存在ですから」

頬をほんのりと染めたイサーク殿下は、目線を下げて頭を掻きながら語尾を弱くし、珍しくボソボソと話した。そんなイサーク殿下を、リカルド殿下は優しく微笑んで見ていた。

「イサークもそうですが、オルタ国初代王妃は、民からも特に人気ですからね。それもあってか、初代王妃に似た闇の聖女であるあなたは、市井《しせい》で噂の的なんです。絵姿も出回っていると
か」

「そうなのですか？　お恥ずかしいです」

「ちなみにデュトワ国では、国が分かれた争いの原因は何だと言われていますか」

リカルド殿下の問いに、私は闇の精霊を調べるために、沢山の歴史書を読んだ記憶を呼び起こす。デュトワ国でも、その争いに関する書物は沢山残っている。だが、その時に聖女が2人いたことは、どれにも書かれていなかった。

「私の国では、闇の精霊の存在自体が葬《ほうむ》られていました。国が分かれたきっかけは、側妃《そくひ》の子である兄が、正妃の子で正当な後継者である弟に謀反《むほん》を起こしたから……というものです。その争いは大きいもので、光の聖女のおかげで犠牲を最小限に抑えることができたが、結局は国が分かれる事態になったと」

私の言葉に、イサーク殿下がムッと苛立ったように眉を顰めた。

「こちらでは違います。いえ、それは正しい歴史ではない、と言ったほうが分かりやすいでしょね」

「正しい歴史ではない？　イサーク殿下、どういうことでしょうか？」

「デュトワ国で伝わっている歴史は、改竄《かいざん》されたものです」

闇の精霊の存在が一切隠されていたし、伝わっている歴史への違和感はあった。けれども、ここまでキッパリと言われてドキッと胸が跳ねた。

「元々、正当な王位は兄王にあったのです。弟王はそれを奪ったばかりか、兄王の妃である闇の聖女まで手に入れようとした。卑怯《ひきょう》な手を使ってまでも」

「弟王こそが悪だと？」

「俺たちの知る歴史はそうです。実際、兄王は幼い頃から冷遇《れいぐう》されて、辺境《へんきょう》——つまり今のオルタ国の一地方で幼少期を過ごしました。ですが、頭角《とうかく》を現した兄王を王位にと望む声は少なくなかった。さらに、のちに闇の聖女となる女性は、元々は弟王の婚約者でした」

「オルタ国初代王妃が、弟王の婚約者、ですか？」

「はい。ですが、光の聖女が誕生した途端《とたん》、弟王は光の聖女と婚姻し、婚約者をあっさりと捨てました。そればかりか、その後、彼女が闇の精霊王から加護を与えられると、手のひらを返して側妃にすると言い始めたのです」

その言い伝えが本当であるならば、聞いているだけで頭がズキズキと痛む話だ。なぜなら、私たちが賢王《けんおう》と敬《うやま》っていた相手が、とんだクズだと言われているようなものなのだから。

——互いの国によって言い分や見え方が違うにしろ、本当にそれが真実だというのなら、なぜ当時の光の聖女が弟王を選んだのかが分からない。

何より、私たちの国ではこの弟王と光の聖女の純愛は、今も根強い人気のある伝承なのだから。

「……なぜその歴史が正しいと言い切れるのです？　オルタ国で伝わっている歴史こそが改竄されているとは思いませんか？」

「残念ながらそれはあり得ません」

私の問いに、イサーク殿下はバッサリと否定した。

「……違和感があったでしょう？　デュトワ国に伝わる歴史では、不思議なほど闇の精霊の存在が隠されている、と」

「……それは、そうですが」

――そう、そこが一番の疑問だった。かつて存在していたはずの闇の精霊。その存在の痕跡を一切消した理由が分からない。誰がどんな目的でそうしたのか。そもそも、そんなことが可能なのかも分からない。

それこそ、デュトワ国には元々、闇の精霊など本当に存在しなかった、と言われたほうが納得がいくかもしれない。

深く考え込む私に、リカルド殿下が一際《ひときわ》大きな絵画を指した。

「建国王の名をご存知ですか？」

リカルド殿下が指し示す先には、聖女伝説の始まりとされる初代聖女と建国王の姿がある。

デュトワ国の王宮内や大教会などでも像が建てられており、目にする機会も少なくない。

「もちろん。アレクサンドル王ですよね」

彼の名を知らない者はいないだろう。

即答する私に、リカルド殿下は意味深《いみしん》に口角を上げた。

「正式な名は……アレクサンドル・オルタです」

――アレクサンドル・オルタ？　デュトワ国ではアレクサンドル王にオルタという名は付かない。しかも正式名称があるなんて聞いたことがない。

「そんな……」

唖然とする私を気遣うように、イサーク殿下が口を開いた。

「……過去の話です。それに、光の精霊王はデュトワを選んだのですから」

「確かにイサークの言う通り、過去の話です。ですがこの国では、ただの伝承だと無視することはできないのが少々厄介《やっかい》なのです。元々はオルタ国こそが正式な継承《けいしょう》だ、という意見も根強くあるので」

「ですが、建国王の王冠はデュトワ国にあります。それも偽物《にせもの》だと？」

「いいえ、王冠は本物でしょう」

リカルド殿下の言葉に、ほっと胸を撫で下ろす。今まで信じてきたもの全てが偽りだったらと思うと、足元が崩れる思いだ。

「忘れてならないのは、オルタ国とデュトワ国は、元は同一の国で、どちらの王族も建国王と初代聖女の正統な血筋であるのは間違いないということなのです。……ただ、オルタ国では正式な継承を奪ったとして、未だにデュトワ国を敵視する声がある、ということです」

オルタ国にとっての正史が、イサーク殿下やリカルド殿下の言う通りであるならば。今代で同盟を結ぶまで、隣国にもかかわらず、両国が貿易も交流も一切ない険悪な関係だったのも頷ける。

「これは私の想像ですが、国が二分した背後には、闇の精霊王と光の精霊王も関わっていたのだと思います。デュトワには光が、オルタには闇がついたのでしょう」

「両国の信仰神を考えると、そうかもしれませんね」

「今までは、オルタには闇の精霊王がついていると信じられていた。……ですが、今は違います。闇の聖女がデュトワ国から選ばれたことは、この国に失望したという精霊王の声そのものなのでしょう」

闇の精霊王のネル様は、オルタ国に失望したから私を聖女にしたのではない。私に加護を与えたのは暇潰しだった……なんて、口が裂けても言えない雰囲気に、思わず苦笑いになる。

だが、オルタ国における聖女の伝承にはとても興味がある。それを知ることで、デュトワ国の失われた歴史を知ることができるのかもしれない。

「失われた歴史の鍵は、どこにあるのでしょうね。……できることなら、私はそれを知りたいです」

私の言葉に、イサーク殿下は同意するように頷いた。

「分かります。俺も一度調べ始めたら、どっぷりと沼にハマってしまったようなものなので。ですが、デュトワとオルタが同一の国だった頃に関しては、お手上げです。うーん、もしかすると精霊王であれば、知り得るのかもしれないですね」

——精霊王……ネル様に聞けば、教えてくれるかもしれない。だけど、ネル様は若い精霊王だと仰っていた。過去の時空を操《あやつ》る精霊王とはいえ、何代も前の精霊王の時代のことを知り得るのだろうか。

あっさりと教えてくれる気もするし、興味ないから知らないと一蹴《いっしゅう》される気もする。

「機会があれば聞いてみたいですね。……ですが、期待はしないことにしておきます」

「そうですね。謎を全て明らかにするのが正しいわけではありませんから。ですが、誰も知り得ない本当の歴史に、あなたならば近づけるかもしれないと、僅かに期待してしまいます」

「リカルド殿下……」

「何といっても、精霊王に選ばれたお方ですから」

優しく微笑むリカルド殿下に、私も頷く。

すると、私、リカルド殿下、イサーク殿下の輪から少し離れるように、バンクス夫人が闇の精霊王が描かれた絵画の前へと進んだ。

「闇の精霊王が選んだ聖女こそ、精霊王のお考え……なのよね」

ポツリと何かを呟いたバンクス夫人に、私は尋ねる。

「バンクス夫人？　どうかされましたか？」

「いえ、何でもないわ」

深刻そうな表情で何か考え込むように見えたが、バンクス夫人はいつもの微笑みを浮かべて首を横に振った。

◆◇◆◇◆

神殿からルイ様の部屋へと戻ると、ルイ様だけでなく、テオドール様とアルベリク殿下がいた。

彼らはテーブル一面に置かれた様々な小瓶を前に、何やら話し合っているようだった。

「これは何ですか？」

「これはファウスト殿下が所持していた薬物や毒草類です」

「こんなにも多くの種類をですか？」

「はい。ファウスト殿下が使用していたのは、この茶葉とこっちの薬物ぐらいです。あとは何のために収集していたのかは分かりませんが、毒薬なども多いですね」

ルイ様から分析を任されていたらしく、アルベリク殿下は疲れが滲んだ顔で大きなため息を吐いた。

「ここまで分析できる専門家が身内にいるって力強いな。そうだろ、ルイ？」

「あぁ、その通りだ。アルベリク、本当に感謝している。何より、この薬草類の半数以上はオルタ国でしか採《と》れないものだったらしいからな。オルタ国の植物にも詳しかったからこそ頼めたことだ」

テオドール様とルイ様が次々に賛辞を口にすると、アルベリク殿下は恥ずかしそうに、それでも満更《まんざら》でもなさそうにコホンと咳払《せきばら》いをした。

「そうやって、兄上は調子のいいことを言いながら、また次から次へと面倒ごとを私に押しつける気なのは分かっていますからね」

「ははっ、間違いない！　ルイは人使いが荒いからな。シリルなんかは、年中休みなく使われっぱなしだし」

「……人聞きが悪いな」

「よし、じゃあこの辺でちょっと休憩！　休むことも効率には大事な要素だからな。……お？　この茶葉は使っていいやつだっけ？」

肩を竦めるルイ様に、テオドール様はからかうように背中を二度叩いた。そして、キョロキョロ辺りを見渡して、淡いピンクの缶《かん》を手に持った。

「テオドール様、それは駄目です。それも押収品《おうしゅうひん》ですから」

テオドール様が手にした缶は、あっさりとアルベリク殿下の手に渡った。

「見た目は普通の茶葉なのに、これも違法薬物なのか」

「このお茶は危険性が比較的少なく、多少の依存性がある程度です。なので、20年前に禁止される前は普通に貴族の間でも愛飲されていたようです。まぁ、珍しい茶葉なのでさほど流通しなかったようですが」

アルベリク殿下が説明しながら缶の蓋《ふた》を開けると、まるで蜂蜜《はちみつ》のような甘い香りがほんのりと漂い、鼻をくすぐった。

「この香り……私……もしかしたら、これを飲んだことがあるかもしれません」

「これをですか？　ですが、この茶葉はオルタ国でしか扱っていない珍しいものです。……失礼ですが、どこでこれを？」

かつての記憶を呼び起こして、冷や汗を掻く私に、アルベリク殿下は不思議そうに首を傾げた。

「アルベリク殿下、この茶葉にはどんな作用があるのですか」

このお茶を飲んだ時のことを思い出して、嫌な動悸《どうき》を抑えきれず、胸の前で両手を組みながらアルベリク殿下に問いかける。

「この茶葉は気分を高揚《こうよう》させる代わりに、感情の起伏を大きくします。つまりは我慢が利かなくなるのです。普通は多少イラッとしても理性で堪えられます。そのストッパーが外れるようなものなのです」

「……我慢が利かない」

「味は蜂蜜のような甘さなので、女性に人気があったそうですが、これを愛飲していた方たちが問題を起こす事例が多々あったそうで、禁止になったようです」

「このお茶を飲んでいたことで、後遺症などはあるのでしょうか」

その答えによっては、私の今後が変わってしまうかもしれない。そう考えると、答えを聞かずにこのまま逃げ出したくなってしまう。

まるで判決を下される前のような心境で、アルベリク殿下の答えを待つ。そんな私の異様な様子に、ルイ様やテオドール様も気づいたのだろう。誰かが息を飲む音がした。

だが、そんな緊迫した空気に、アルベリク殿下はたじろぐ様子もなく口を開いた。

「長期間、定期的に飲むことで今説明した症状が出ますが、この茶葉に中毒性はないので飲むのをやめれば症状はすぐに治ります。後遺症もありません」

——後遺症は……ない……。

アルベリク殿下の淡々とした説明に、ホッとするよりもまず、頭でしっかりと理解するのに時間がかかった。

だが、徐々に理解すると、ようやく胸を撫で下ろすことができた。

「そ……そうなのですね」

「ラシェル、この茶葉について、何か思い当たることがあるのだろう？」

「……はい。以前、ルイ様にお話ししたかと思いますが……」

「そうか。ヒギンズ侯爵家で飲んでいたお茶とは、これのことか」

以前、テオドール様とルイ様には、ヒギンズ侯爵家で出されていた茶葉について話したことがあった。その特徴と全く一致するこの茶葉に、2人もすぐに気づいたのだろう。

「……おそらく」

私がそう答えることをルイ様は既に分かっていたのだろう。腕を組みながら難しい顔で唸った。

「なるほど。オルタ国でも珍しい茶葉を仕入れることが可能だったヒギンズ侯爵家。ますます怪しいな。繋がっているのは、オルタ国王家か。……それとも」

ルイ様は最後まで言葉にせず、そのまま押し黙ったが、私は問いただすことはしなかった。

ルイ様が何を疑っているのかが、言葉にせずとも分かる気がしたからだった。

4章　バンクス夫人の告白

ファウスト殿下の事件がリカルド殿下から陛下に報告され、ファウスト殿下は謹慎《きんしん》処分を受けた。内々でしか知られていなかった情報が王宮中に広がるまで、3日もかからなかった。

しかも、噂というのはあっという間に尾鰭《おひれ》がつくもので、リカルド殿下が後継者になることは確実だと、王宮内では噂されていた。

それにより、ファウスト殿下を推していた貴族たちは苦境に立たされ、リカルド殿下派に鞍《くら》替《が》えする者があとを絶たない状況だった。

「ここ数日、王宮内が静かになりましたね」

テオドール様と共に王宮内を歩いていると、つい先日までは各国の要人たちで溢れて賑《にぎ》やかだった廊下も人は少ない。催事が終わった今、ほとんどが既に帰国していた。

そのため、まるで別の場所を歩いているように感じる。

「まぁ、ファウスト殿下のこともあってか、今は王宮内の立ち入りを制限しているようだからな。俺たちもさすがにこれ以上はこの国に留まることはできないし、来週には帰国することになりそうだな」

「ええ、随分と長く留まりましたものね。明後日にはルイ様の怪我が回復したと発表するのでしょう？」

「そうだな。ミネルヴァを泳がせるために帰国を延ばしたようなものだ。こんなことになった今、さすがのミネルヴァも悪事を働く元気をなくし、力を貸してくれる者もいないだろうな。それに、ファウスト殿下の件から飛び火してミネルヴァや実家の公爵家の悪事も噂されているらしいからな。リカルド殿下は、それらを全て明らかにする気らしい」

「そんな大事《おおごと》に？」

「あぁ、どうやら国王もこの件に関しては本気で動くらしいよ」

「そんなことになれば、ミネルヴァ様の立場はなくなるようなもの」

ミネルヴァ様の性格上、このまま大人しく引き下がるとは思えない。だが、オルタ国の後継者問題が落ち着くのであれば、それは同盟国として有難い話でもある。

「元々オルタ国王がミネルヴァ王妃と不仲だという噂は有名だし、このまま離宮に追いやられて、離縁なんてことになってもおかしくはないかもな。まぁ、あとのことはリカルド殿下たちに任せて、俺たちは自国の問題を片付ける。そのほうが大事だ」

「確かにその通りですね。私たちは私たちの問題を優先しなければいけませんものね」

テオドール様の言葉に頷き、しばし沈黙する中で、私は今後について考えを巡《めぐ》らせた。

「……あら？　テオドール様、何か声が聞こえません？」

その時、微かにだが、どこからか声が聞こえてきた。何を言っているのかも、誰の声なのかも分からない。だけど、声を荒げているのか、女性の高い声が耳に届く。

「揉《も》めてるっぽいな。……ちょっと気になる。ラシェル嬢、行くぞ」

目を細めて耳を澄ませたテオドール様は、声のするほうへと足早に進んでいく。

「えっ、テオドール様！　どこに……」

「ほら、早く早く。足音に気をつけて、静かに」

立ち入りを許可されていない扉を何の躊躇もなく開けて、先へと進むテオドール様に、私は焦りと恐怖を感じながらも、そっとあとからついていく。

扉の先には廊下が続いている。狭い通路や曲がり角も、テオドール様は迷いなく進む。すると、徐々に声がはっきりとしてきた。

そして、聞き覚えのある声にハッとする。

――この声って……バンクス夫人？

私とテオドール様は顔を見合わせると、一室の扉の前で立ち止まった。

「もう無理だと言っているでしょう！」

かつて聞いたことのないバンクス夫人の怒鳴り声に、驚きで肩が跳ねる。

「ジョアンナ、もう一度話し合おう。私だけは君を裏切らないと言っただろう。それは君も同じはずだ」

バンクス夫人と話すのは、男性の声だ。誰と話しているのか分からないが、随分と親しい間柄のようだ。

「私はもうあなたの協力者ではいられないの。……今まで十分、情報は渡したでしょう。……あなたへの借りは返したはずだわ」

「そんなことを言っているのではない。ジョアンナ、君は思い違いをしている。貸し借りなどは一切関係ないんだ。私の気持ちを疑っているのか？　私が愛しているのは、今も昔も君しかいない」

「……もう私たちの関係はとうの昔に終わったはずよ」

「そんなことはない。離れていても、いつだって君を想っていると何度も伝えたはずだ。あとでもう一度しっかりと話そう。……今夜、またいつもの場所で待っている」

「私は行かないわ」

「それでも待っている。君が来るまでずっと」

扉を挟んだ向こうでの会話の展開に、驚きで声を上げてしまいそうになるのを、口を押さえて何とか飲み込む。

だが、徐々に扉へと近づいてくる足音に、部屋を出る気なのだと理解する。

急いでここから離れなければと、焦れば焦るほど足がもつれて滑ってしまいそうになる。それでも抱えるようにテオドール様に支えてもらい、私は間一髪のところで転倒を回避できた。

テオドール様は混乱する私を曲がり角まで連れてきてくれ、扉から死角になる場所まで何とか移動することができた。

私たちが隠れた直後、扉が開き、1人の男性の出ていく姿が見えた。去りゆく背に、ヒラリと赤いマントが靡《なび》く。

「……あれは」

思わず漏れた声は、私とテオドール様のどちらの声だったのか。予想外の人物の登場に、私たちは瞬《まばた》きも忘れて固まった。

なぜなら、その人物とは——オルタ国王その人に違いなかったからだった。

「とりあえずルイに報告だ。ここから魔術で戻る」

テオドール様は私の耳元でそう囁くと、指で器用に魔法陣を描く。おそらくテオドール様が得意とする移動の術を使うのだろう。

それに頷いて、一歩テオドール様へと近づこうと足を前へと進めた時、隣に置かれた鎧《よろい》のオブジェの剣に、私の髪飾りがぶつかってしまった。

――こんな日に限って、銀細工でできた髪飾りをつけてきてしまうなんて。

カツッと僅かだが金属の音がしてしまったことで、私とテオドール様は瞬時にまずいと顔を見合わせた。

「誰！」

案の定、まだ近くにいたバンクス夫人に気づかれてしまった。コツコツと近づいてくるヒールの音に、テオドール様は困ったように眉を下げて、

「仕方ない。ここはどうにかしよう」

と、自らバンクス夫人の元へと足を進めた。私もそれに続いて、先程までいた扉の前へと進み出た。

「あっ……ご機嫌よう」

「ラシェル様……フリオン子爵まで」

私たちの姿を見たバンクス夫人は、驚愕《きょうがく》で目を見開く。だが、すぐにサッと顔色を蒼くさせ、オルタ国王が去っていったほうへと視線を向かわせた。

「あぁ……そういうこと」

呆然と呟くと、バンクス夫人はすぐに自分の置かれた状況を把握したように、ふうっと息を吐き、諦めたように微笑んだ。

「迂闊《うかつ》だったわ。人がいる場で、陛下と会うだなんて」

「あの……お二人のご関係は」

「私とオーレリア様が幼馴染なのはご存知でしょう？　陛下ともそう。幼馴染の関係よ」

「でも、それにしては……」

愛しているのは君だけ、という言葉を聞いたような気がします、とはさすがにこの状況で言えないので、目線を逸らしながら口籠る。

何と尋ねようかと考えていると、テオドール様がふっと息を漏らして口角を上げた。

「幼馴染？」

表情は柔らかく作っているにもかかわらず、その目は糾弾《きゅうだん》するように、厳しく睨みつけていた。

「俺たちが聞いた会話は、幼馴染のやり取りには聞こえませんでしたけど。それに、俺が知るところによると、国王とあなたは元婚約者だそうですね」

「えっ！」

確信を持った様子でキッパリと言い放ったテオドール様に、私は瞠目した。

――元婚約者？　テオドール様はなぜそのような情報を？

バンクス夫人は額に手を当てながら、深くため息を吐いたが、すぐに否定しないところを見ると、どうやらテオドール様の言葉は本当らしい。

「……そう。そこまで把握されていたのね」

「まぁ、この国に来てから長いので。それぐらいの情報は仕入れますよ」

「なるほど。最初から私は怪しまれていたのかしら」

その言葉に、バンクス夫人はどこか遠くを見るようにぼうっと顔を上げた。そして、次に前を向いた時、先程まであった迷いを一切なくし、何かを覚悟したような強い目線でこちらを見た。

「……少し時間はあるかしら」

「もちろん」

眉をクイっと上げたテオドール様は、壁に背を預けながら腕を組んだ。

◆◇◆◇◆

先程までバンクス夫人と国王陛下が話していた部屋で、私と夫人はテーブルを挟んで1人掛けソファーにそれぞれ座っている。

どうせならばルイ様にも話を、というバンクス夫人の希望で、テオドール様がルイ様を呼びに行った。

待っている間、気まずさから無言になってしまう私に対し、バンクス夫人はお茶を入れてくれた。何事もなかったかのように、「どうぞ」と私にお茶を勧《すす》めた。

――不思議なほど、いつものバンクス夫人と変わらない立ち振る舞い。なぜここまで堂々とできるのだろう。

私はそっとバンクス夫人の様子を窺い見る。すると、視線に気づいたバンクス夫人はいつも通り、綺麗に微笑んでみせた。

「あ、あの」

意を決して口を開いた瞬間、ドアが開き、表情を固くしたルイ様とテオドール様が入ってきた。

「お二人もお茶でもいかがです？」

「結構です。ある程度はテオドールから聞いていますので、本題に入りましょう」

キッパリと断るルイ様は、２人掛けソファーに腰を下ろすと、足を組み、膝の上に両手を置いた。

そんなルイ様に、バンクス夫人は「せっかちですのね」とクスクス笑った。

「さて、何から話せばいいのかしらね。王太子殿下は、どこまでご存知なのかしら」

「あなたがオルタ国の諜報員《ちょうほういん》だということに、確信を持ちました。……もちろん、一応弁解は聞きますよ」

諜報員という言葉に、ハッと顔を上げる。だが、ルイ様の言葉は想定内だったのか、バンクス夫人は微笑みを絶やさず、優雅にカップを持つと一口お茶を含んだ。

その堂々とした振る舞いは、私の知るいつものバンクス夫人で、彼女から何度も優しくされた思い出が多々蘇《よみがえ》ってくる。

「バンクス夫人が諜報員だなんて……嘘ですよね」

思いの外《ほか》震えた声でそう問いかけると、バンクス夫人は僅かに眉を顰めた。

「ラシェル様。残念ながら、王太子殿下の言葉は本当です」

「そんな……いつから……」

「ずっとよ。オーレリア様がデュトワ国に嫁がれた時に、侍女としてついていってからずっと。オルタ国と縁のある貴族たちと繋がり、デュトワ国の情報を陛下に報告してきたの」

バンクス夫人は言い訳を一切せず、悪びれる様子もなく、まるで世間話をするような表情で事実のみを淡々と話した。

そんなバンクス夫人に、ルイ様はより一層目をキツく細めた。

「……罪《つみ》に問われる覚悟がある、と」

持っていたカップをテーブルに置いたバンクス夫人は、一度小さく息を吐いて顔を上げた。

その表情に、私だけでなく、この場にいた皆が息を飲んだ。

「もちろん覚悟の上です。私の命も人生も、一度死んだようなものだもの」

かつてここまで激情を露わにしたバンクス夫人を見たことがない。微笑みを一切消し、ルイ様の視線を真っ直ぐ受け止めたバンクス夫人は、なぜその選択をしたのかを語り始めた。

静かに語り始めたジョアンナ・バンクス夫人の半生は、私の想像を絶するものだった。

◆◇◆◇◆

オルタ国の公爵令嬢として生まれた私は、傍から見れば誰もが羨む生活を送っていると思われていたのだろう。だけど、私は生まれてすぐに母を亡くして、物心つく頃には公爵家の家族の一員ではなかった。

もちろん戸籍上は公爵令嬢だった。けれど、父にとって家族とは、後妻と異母妹《いもうと》だけだった。

母の形見も自分の宝物も全てを妹に取られ、躾《しつけ》と称して鞭《むち》を打たれ、使用人にも陰口を言われた。

幸せだと思った瞬間も、愛された記憶も一切なかった。――そう、陛下に出会うまでは。

屋敷に居場所がない私ではあるが、父は私を権力の駒《こま》として使いたかったようだ。陛下と私の年齢が近かったため、陛下の友人として週に一度王宮に呼ばれるようになった。

その時間だけが、唯一私にとって安らげる時間だった。

幼い頃の陛下は、甥のイサークと容姿も性格もよく似ていて、活発で明るく正義感の強い方だった。私はすぐに陛下に夢中になったし、陛下も私のことを特別視してくれていたようだった。

オーレリア様がお生まれになってからは、年の離れた幼い妹君を陛下はとても可愛がって、私と会う時もよく連れてきていた。

私には血の繋がった妹もいたが、妹のミネルヴァは義母の影響で、私のことを心底嫌っていた。だから、純粋に慕ってくれるオーレリア様のことを、私は本当の妹のように感じ、心から可愛がっていた。

いつだったか、オーレリア様が人形のようなまん丸の瞳を私と陛下に向けて、

「おにい様とジョーがけっこんしたら、ほんとうのおねえ様になってくれる？」

と仰ったことがあった。

陛下はその言葉を聞いて、真っ赤なリンゴのような顔をして、

「ジョアンナさえ望むなら」

そう真っ直ぐな視線を私に向けた。私はその時、何も言えずに、陛下と同じように頬を染めながら頷くことしかできなかった。だけど、そんな私のことを、キラキラした目で陛下は見つめてくれた。

夢のような日々だった。今思い返しても、あんなにも幸せな日々は、この先も来ないでしょうね。

——けれど、夢は夢のままだった。

オルタ国の王太子妃になることを、義母とミネルヴァが許すはずもなかった。彼女たちは欲深く、狡猾な人間だった。

蛇のように、獲物《えもの》を泳がせていつ仕留めるかを待っていた。そして、時が来たら丸呑みした。

「お姉様、明日の婚約式、楽しみですね。婚約が正式に結ばれれば、妃教育のために王宮で暮らすのでしょう？　忘れ物をしないように気をつけてくださいね」

婚約式の前日。陛下から求婚された私に散々嫌味《いやみ》を言い、婚約者を自分に代えろと父や義母に泣き喚いていたミネルヴァが、いやにしおらしい態度で訪ねてきた。

あの時、ミネルヴァの策略に気づきさえすれば、私の人生は全く違うものになっていたのかもしれない。

けれど、今のラシェル様と同じ年頃の私は、まさか妹が陛下に薬を盛るだなんて考えてもいなかった。

婚約式の時間になっても陛下は現れない。嫌な予感がした私に、慌てた様子の父がやってきて、こう言った。

「ジョアンナ、婚約式はなしだ。殿下とミネルヴァが結ばれた。こうなっては、お前を嫁がせるのは無理だ。王太子妃にはミネルヴァがなる」

ミネルヴァは、私からの贈り物だと言って、陛下に幻覚薬と睡眠薬入りのチョコレートを贈った。婚約式に現れず、不審に思った側近と侍従によって、寝室で陛下は発見された。ミネルヴァと共寝《ともね》している姿で。

陛下は策略に怒り、ミネルヴァが妃になることを拒否した。けれど、数代前から王家は徐々に力を弱めていた。それを支えているオルタ国３大公爵家こそが、影の王家だと揶揄《やゆ》されるほどに。中でも我が家は、３大公爵家で絶対的な権力があり、その家長が陛下とミネルヴァの結婚を、と望んだ。

先代の王はその申し出を受け入れ、陛下がいくら嫌がろうとも聞き入れることはなかった。

何がどうなっているのか分からないまま実家に戻った私を待っていたのは、怪しく笑う義母だった。彼女は用意周到に、私を田舎貴族の後妻にして追い出した。

私の夫となったバンクス伯爵は、父よりも年上の、下品な笑みを浮かべる豚《ぶた》のような人だった。彼には既に5人の成人した子供がいて、亡くなった前妻は3人もいた。

彼を前にして初めて理解した。私は義母とミネルヴァに謀《はか》られたのだと。

そして私はすぐに、なぜ前妻たちが相次いで死んだのかを身をもって知ることになった。

実家でも義母に鞭打たれることがたびたびあったが、そんな日々が軽く思えるほど、バンクス伯爵の暴力は酷いものだった。

ああいう人を加虐嗜好《かぎゃくしこう》というのね。あざが治らないうちに、新しいあざが全身に作られる。

食事も満足に与えられなくて、みるみる痩せ細った。

でも、何より辛かったのは、バンクス伯爵が時折持ってくる情報を聞かされたこと。

「陛下とミネルヴァ様の結婚式が執《と》り行われた。既に彼女はご懐妊《かいにん》されているようだよ。とても幸せそうだった。彼らはもう君のことなど気にもしていないだろうな」

この言葉がきっかけで、私は生きる意志さえ失ってしまった。

――あぁ、彼にも見捨てられてしまった。

私を唯一愛してくれた人も、ミネルヴァを選んだ。そう考えたら、もう何もかもがどうでもよくなった。

暴力にも抵抗をやめた私に、バンクス伯爵は興味を失ったようだった。この屋敷に来てから何年が経ったのか、日付を確認するのもいつからかやめた。

日当たりの悪い部屋、屋根裏部屋、そして最後には地下室へと移された。元々少なかった食事が徐々に減っていき、ついには一切届けられなくなった。もはや、指を動かす気力さえなかった。

――人間の死なんて、あっけないものね。このまま目を閉じれば、もう二度と光を見ることはないかもしれない。

生きていくことに疲れていた私は、もうこれ以上苦しまなくてもいいことに安堵さえしていた。

だがその時、視界もぼんやりとする中、急に地下室の外が騒がしくなった。

「……ナ……ジョ……ジョー！」

目を開く気力もない私だったが、温かい腕に抱かれた気がした。この温もりの中で天国へと旅立って、逝《い》けたらどんなに幸せだろうか。そう考えていた私は、何の因果なのか、再び目を覚ますことになった。

シーツから石鹸《せっけん》のいい香りがする。これは夢の中なのかしら。それとも天国？　そう思いながら目を覚ました私を、泣きそうに顔を歪ませて、力一杯に抱きしめてくれたのは陛下だった。

「ジョアンナ……本当にすまなかった」

「……なぜ、あなたがここに？　私は死んだのでは？　……もしかして、まだ生きているのですか？」

「もちろんだ！　君がこんな目に遭《あ》っているのを知るのがもっと早ければ……。いや、そうではない。あんな女の策略に嵌まった私が全て悪い」

陛下は、私が記憶する陛下と違い、キラキラとした目をしていなかった。ギロリと怖いほど鋭い目を真っ赤にし、年季の入った隈《くま》を隠そうともしていなかった。

「あの男……バンクス伯爵は殺した。許してくれと懇願《こんがん》しても、既に息絶えていようとも、何度剣で刺しても足りないぐらいだ」

「そっ、そんな！　いくらあなたでも、貴族を殺したとなれば、ただではいられません」

「もちろん、事故に見せかけた。顔も体も原形を留めていないだろう。……私の愛するたった1人の女性に、死よりも酷いことをしたんだ。……殺しても殺し足りない」

陛下の言葉に、ズキンと胸が苦しくなる。

「あなたはミネルヴァを選んだはずです。既に3人のお子もいると……」

「……君は私と結婚するのが嫌で逃げたと、そう聞かされていた。君と会えるように何度も君の実家に頼んだ。だが、幸せに暮らしているから、もう放っておいてくれ、という君からの手紙が」

陛下はそう言って、何通もの手紙を差し出した。そのどれもが私の筆跡を真似し、私の名で出された手紙だった。

――何度手紙をもらおうとも、陛下を愛する気持ちは消え失せた。もう連絡しないでほしい。私には愛する夫がいる。

手紙はどれもがそのような内容で、読んでいるだけで吐き気がした。

陛下は、それが私からの手紙でないことにホッとしたようだった。そして、どうしようもない状況だったこともあるが、結果的に私を裏切る形になってしまったと、何度も謝罪した。

だが、陛下がそうしなければならなかったことを、私は仕方がないと思った。ここ何代かの間に、王家の威信《いしん》は徐々に失われている。闇の魔力を持つ王族が少なくなり、闇の精霊と契約できる者も減っているからだ。

それとは逆に、我が公爵家は着々と力をつけていた。何カ月か前に、先王が崩御《ほうぎょ》されたとバンクス伯爵から伝え聞いた。

そんな状況で、公爵家を敵に回すような真似など陛下にできるはずもなかった。

「ミネルヴァのことはもちろん愛していない。今後も愛するのは、君しかいない。……あの時は私に力がないばかりに、公爵の言うままミネルヴァを娶る以外なかった。だが、私がもっと力をつければ、ミネルヴァや公爵の意のままに動かなくて済む。そうすれば、ミネルヴァと離縁し、君を妃に迎え入れられる」

「……本気ですか？」

「もちろんだ。……情けないことに、私は君を諦めることはできない」

「陛下……」

「……何年、何十年かかろうと。私は力をつけ、王家の威信を取り戻す。公爵家からの指図《さしず》など、一切聞かずとも恐れられるほどの力をつけてやる」

あの時の私は、この一言をきっかけに、全てを彼に差し出そうと決めた。私の人生も、何もかもを、私を求めてくれるたった１人に捧げようと。

だから、彼の計画を聞き、それに従った。

◆◇◆◇◆

「その計画というのが、デュトワ国の力を弱めるということですか？」

バンクス夫人の人生は、想像するだけでも胸が苦しくなるほど酷かった。その話を感情などどこかに置いてきてしまったかのように、バンクス夫人は平然と語った。どんなに辛い経験を話す時も、背筋を伸ばして前を見据え、顔を上げていた。

今も私の問いに、あっさりと頷いた。

「正確には、オルタ王家の力を強めるために、デュトワを利用するということです」

「……そのために、オルタ国に縁のあるヒギンズ家のカトリーナを私の妃にしようと？」

「えぇ、それも計画の1つ。まぁ、ヒギンズ家が勝手な行動ばかり起こすので、失敗に終わりましたが」

ヒギンズ侯爵家がオルタ国と繋がっていることは、ほぼ確定と思われていたが、まさかオルタ国王やバンクス夫人と繋がっていたとは。

「……母上も片棒を担《かつ》いでいたと？」

ルイ様の言葉に、今まで表情を一切変えなかったバンクス夫人が、あからさまに蒼褪《あおざ》めて焦った表情を見せた。

「ち、違います！　オーレリア様は、何もご存知ありません。オルタ国の王族として、和平のために同盟国であるデュトワ国に嫁いだに過ぎません。あの方は、夫を失い居場所をなくした私を、ただ純粋に助けたいと思ってくれていたのです。……陛下に利用されているとも思っていないでしょう」

バンクス夫人はオーレリア様を想ってか、口元に手を当てて顔を歪ませた。

「母上は、オルタ国王から情報を流すように指示されていないと？」

「はい。誓ってそう言えます」

「とても信じられないな。あなたの行動の責任は、主人である母が取るべきでしょう？　あなたの暗躍が母国に有利に働き、嫁ぎ先を陥《おとしい》れる行為なのに黙認していたわけですよね。それとも、一番の側近が裏切っているのに気づかないほど愚鈍《ぐどん》だと？」

「……もしかしたら薄々気づいておられる可能性はあります。ですが、私の行動とオーレリア様は無関係です」

「その辺りはこちらでしっかりと調べさせてもらう。まぁ、母上がそのような思惑《おもわく》で嫁いできたのであれば、父が既に処分しているかもしれませんが」

「ほ、本当にオーレリア様は、私や陛下とは関係ありません。私のせいでオーレリア様を巻き込むわけにはいかないのです」

バンクス夫人は顔面蒼白《そうはく》になりながら、ガタッとソファーから立ち上がると、床に膝をついて頭を下げた。

「あなたがどの程度の情報をオルタ国に流していたのかは分からないが、場合によっては命で償《つぐな》う可能性もある」

「……承知しております」

「同時に、ことと次第によっては、母上もまた責任を取る必要がある。なぜなら、あなたは母上の侍女であり腹心《ふくしん》だ。そして母上は、オルタ国の元王女だからだ」

「オーレリア様は殿下の母上なのですよ！」

「……だから何だと？」

冷え冷えとしたルイ様の瞳に、バンクス夫人は怯《おび》えたようにガタガタと震えた。

「オーレリア様は……仲のいい家族に憧れる、普通の少女だったのです。殿下を身籠られた時も本当に幸せそうに、毎日お腹に語りかけていましたよ。……あなたの母親になれるのを、心から楽しみにしておいででした」

「……普通の少女では、国母《こくぼ》にはなり得ない。私もまた、息子という立場ではなく一国の王太子として判断するべきだとは思わないか」

取りつく島もないルイ様の様子に、バンクス夫人はもはや口を噤《つぐ》んで俯いた。顔の表情は見えないが、震えた手から、オーレリア様への心配と後悔が滲んでいるようだった。

「ジョアンナ・バンクス。あなたを今この時をもって拘束し、明朝私の部下と共にデュトワ国に発《た》ってもらう。私が帰国後に改めて話を聞くことにする」

「……はい。そのように」

話は終わったと、テオドール様に目配せをして立ち上がろうとするルイ様を、手で止める。

するとルイ様は、先程までの厳しい表情を僅かに和らげて不思議そうに私を見つめた。

「あの、ルイ様。私もバンクス夫人に質問してもよろしいでしょうか」

「もちろん」

ルイ様は立ち上がりかけた腰をもう一度ソファーに沈めると、私の言葉を待った。

私はバンクス夫人の元まで歩み寄ると、床に座り込む彼女の肩に手を添えた。すると顔をゆっくりと上げたバンクス夫人の、うっすらと涙で濡れた瞳と視線が合う。

「なぜ、夫人と国王陛下は口論をされていたのでしょうか？　一生を陛下に捧げると決めていたのなら、もう協力できないなどという言葉は出ないはずです」

バンクス夫人の生い立ちや国王との関係性は理解した。バンクス夫人もまた、国王に協力すると決めた時から、危険と隣り合わせであることを理解していたはずだ。

けれど、彼女は自分の保身のために、国王の手駒として動くことをやめようとしたのではない。

――それは、彼女と国王のやり取りを聞いていたからこそ分かる。

だとすると、なぜ自分の全てを捧げると決めた国王に背《そむ》く判断をしたのだろうか。

私の疑問に、バンクス夫人は私からルイ様へと、順に目線を運んだ。

「あなた方を見ていたら、私たちの歪んだ愛情に次世代を担う方々を巻き込んではいけないと
……そう、思うようになりました。何も考えずに、彼の言う通りに動くのは楽だったけれど、いつからか、何の信念もなく復讐心《ふくしゅうしん》のみで国を乱そうとすることに、疑問を持ち始めてしまっ

たのです。……ましてや、精霊王の選んだ聖女を苦しめるなど……精霊王の怒りを買い、国を滅ぼしかねない行動ですから」

確かに、指示されたことを無心《むしん》で行うのは楽なことだ。それが当たり前となれば、自分の行動に疑問を感じることもなくなってしまうだろう。

それでも、バンクス夫人は疑問を持ち、抵抗を始めた。それが身を滅ぼすことになると分かっていたのに。

「後悔しているのですか？」

「後悔……分からないわ。私には、これしか生きる方法がなかったもの。……きっと、何度人生をやり直しても、あの人を好きになって、あの人のために生きようとするかもしれない」

「夫人と国王陛下はお互いに想い合っていたはずなのに、なぜ傷つけ合うようなことに……」

「……私たちは愛し方を間違えていたのでしょうね。あの人のために生きたいと願うのであれば、私はあの時……どうすればよかったのかしら。陛下の手を取るべきではなかったのかしら、ね」

眉を下げて切なげに微笑むバンクス夫人は、こんな状況にあってなお、儚く美しい人だと感じた。

テオドール様と共に部屋を退出したバンクス夫人を見送り、私たちはソファーに倒れ込むように腰を下ろした。先程までの緊張感が解かれ、張りつめていた糸が急に緩んだのかもしれない。

「ルイ様、今後どうされますか」

「……帰国し次第、関係者の事情聴取をしなければいけないな。バンクス夫人の話の裏を取らなければならない。だが、今回の件は、国に帰るまでは大事にしたくない。バレてしまえば、バンクス夫人と繋がっていた者たちは、それこそ証拠を処分しようとするだろう。……私が帰国するまでは内密に動くつもりだ。……もちろん、母上にも秘密にする」

「バンクス夫人は、オーレリア様の侍女です。内密にできるでしょうか？」

「彼女は侍女長ではあるが、母上の代わりに社交界に出たりと忙しい人だった。用事で先に帰ったと伝えておけばいいだろう。……それに、彼女はああ言っていたが、母上の関与も否定できないからな」

「やはり、まだお疑いになっているのですね」

「バンクス夫人は、母上の一番の腹心だ。庇《かば》う可能性は十分にある。……だからこそ、一度し

◆◇◆◇◆

っかりと話す機会を設けようと思う」

ルイ様はあくまで冷静に物事を見ている。情に流されることなく、事実のみで判断すること の重要性を教えられているようだ。

「そうですね。それがよろしいかと思います」

「ラシェルも同席してくれるか？」

どこか不安げにこちらを見るルイ様に、私は思わず頬を緩めた。

「はい。もちろんです」

私の言葉に、ルイ様はパッと表情を明るくした。さっきまで次代の王の貫禄《かんろく》を見せていたのに、急に年相応の表情をするルイ様に、ドキッと胸が高鳴った。

◆◇◆◇◆

その後、ルイ様はオーレリア様に面会を申し出た。すると、オーレリア様はすぐに応え、翌日には2人の対面が叶った。

以前オーレリア様とお会いした二の宮の応接間で、ルイ様と共に待っていると、ほどなくオーレリア様の到着が告げられた。

オーレリア様は入室するなり、ルイ様に駆け寄った。

「ルイ！　もう起きていて大丈夫なの？　怪我の具合は？」

「オーレリア様、お医者様からルイ様は完治していると診断されておりますので、ご安心ください」

「でも……」

オロオロと口元に手を当てて、ルイ様の様子を窺うオーレリア様は心配そうに顔を歪めた。

「ラシェルの言う通り、本当にもう大丈夫ですから」

ルイ様の言葉に、オーレリア様は「そう……」と戸惑いがちに呟く。だが、すぐに頬を紅潮《こうちょう》させて、柔らかく微笑んだ。その表情は安堵の色が強く、どれほどルイ様の体調を気にされていたかがよく分かる。

「あなたの顔を見るまで気が気じゃなかったわ。ようやく安心して眠れるわ」

「では、これで十分ですね」

ルイ様はチラッと冷ややかな目線を向けると、未だ立ったままのオーレリア様に対し、自分も席を立とうと腰を上げる。

すると、ルイ様の行動に焦ったように、オーレリア様は真向かいの椅子に腰を下ろした。

「そ、そんな……今日はまだ時間を取れるのでしょう？　私もあなたと話したいことが沢山あるのよ」

「……そうですか。では母上の話とやらから聞くことにしましょう」

今日のルイ様はいつものように愛想を振り撒《ま》くつもりは一切ないようで、珍しく真顔《まがお》で答えた。そんなルイ様の様子に、オーレリア様は困惑したように、私に目線を向けた。

重苦しい空気が流れる中、沈黙に耐えられなくなった私は、壁際で待機していたサラに目配せをする。

「サラ、オーレリア様にお茶を」

「はい。王妃様、どうぞ」

サラがオーレリア様の前へカップを置くと、オーレリア様は何かに気づいたように、にこりと微笑んだ。

「あら、あなた……調査団と一緒に来ていたラシェルさんの侍女でしょう？　道中世話になったわね」

「いえ、とんでもございません。私のほうこそ、皆さんによくしていただきまして、本当にありがとうございます」

サラはオーレリア様に恐縮することなく、陽だまりのように微笑むと、一礼して再び元の位置へと戻った。

「とても素敵な方ね。ラシェルさんが王宮で暮らす時には、彼女も連れてくるのかしら」

「できればそうしたいと考えています」

私にとって姉のような存在であるサラへのお褒《ほ》めの言葉は、自分のことのように嬉しい。思わず喜色を露わにする私に、オーレリア様は目を細めた。

「そうよね。結婚すると環境がガラッと変わるもの。信頼する侍女を連れていきたいと思うのは自然なことだわ。もし侍女が足りなければ、私の侍女を数人連れていってもいいわ」

「いえ、そんな……」

王妃であるオーレリア様の侍女を私にだなんて、とても恐れ多い。戸惑いながら遠慮の言葉を紡《つむ》ごうとすると、告げるよりも先に、ルイ様が口を挟んだ。

「母上、ラシェルの侍女に関しては私がきちんと信頼できる者を選びますので。お気遣いは無用です」

先程と打って変わってにっこりと微笑むルイ様は、その笑みとは裏腹に、キッパリと否定の言葉を告げた。

今の言葉を直訳すれば、自分の妃の侍女に、信用に値しない人物を据えるわけにはいかない、ということ。つまり、あなたの人選は一切信じない、と言っているようなものだ。

隣に座るルイ様の冷気を纏《まと》った微笑みに、室内の温度が一気に下がった気がする。

焦る私をよそに、そんなルイ様の変化に気がつかないのか、オーレリア様は困ったように眉を下げた。

「でも、ルイと結婚するということは、私の娘になるわけだし……。これから親しくなれたらと思っているの」

「娘、ですか。息子である私とは、プライベートでお茶を飲む機会もありませんでしたけど」

さすがのオーレリア様も、今のルイ様の言葉には返す言葉がなかったようだ。困ったように視線を彷徨わせながら、身を縮こませた。

そんなオーレリア様の態度に、ルイ様はふうっと息を漏らした。

「やはり、母上はお変わりありませんね。……私のことが苦手なのでしょう？　それなのに、なぜ急に関わろうとするのです？」

ルイ様の言葉に、オーレリア様はハッと顔を上げた。

「あなたのことを嫌いだと思ったことなどないわ！　それは本当よ。だけど……どう接したらいいのか分からなくて。あなたは、ほら……1人で何でもできる子だから。私のダメなところに呆れているのも分かっていたの」

ルイ様のことを想っていながら、近づきたいと思いながら、オーレリア様が近づく勇気を出せないことは、以前お話しした時から知っていた。

ルイ様もオーレリア様の気持ちに関しては、特別否定するつもりもないらしく、落ち着いた態度で話を聞いていた。ただ、だからといって、理解して納得できるか、と聞かれればそうではないらしい。

ルイ様は、眉を寄せて不快そうにため息を吐いた。

「であれば、これまでのようなつかず離れずの距離感が、私たちにはちょうどいいかと思いますが」

「今までが異常だったのよね。……本当にこんな母親でごめんなさい」

「別に構いませんよ。母上がどんな母親であろうと」

何の感情もないような平坦な声で、ルイ様は凛《りん》と顔を上げた。

「私はもう母親を必要とする年齢ではありませんから」

「ルイ……」

オーレリア様は、僅かに目を見開いたあと、その目を伏せた。膝の上で組んだ手が微かに震えているのが見てとれた。

「母上が何を考えて急にこんな行動に出たのかは分かりません。もしかすると、後悔や懺悔《ざんげ》などの感情が大半を占めているのかもしれませんね。それは母上の都合と感情なので、否定はしませんん」

言葉だけを聞けば辛辣《しんらつ》に聞こえるかもしれない。けれど、ルイ様の瞳は凪《な》いだ海のように穏やかで、口調も諭すように静かなものだった。

「ですが、今更私に一般的な母と子の関係を求めているのであれば、それは申し訳ありませんが、応えることができないかと思います」

「えぇ、分かっている。あなたにそう言わせてしまった私が悪いの。こんな関係になってしまったのも、全ての元凶《げんきょう》は私だということも。いつも嫌なことから逃げてばかりいて、現実逃避するような人間だもの。それでも、どんな形でも、あなたとこうして話ができることが嬉しいわ」

オーレリア様は、寂しそうに眉を下げながら微笑んだ。その表情を見て、ルイ様はポカンと口を開けた。

「驚きました。ここまで言えば、泣くか逃げるかと思っていましたが……。母上の横顔や俯いた顔、後ろ姿はよく見ますが、真正面から目が合ったのは、初めてな気がしますね」

「……あなたの言う通り。ルイが重傷を負ったと聞いて、私は後悔した。だからといって、あなたも望まないように、今更母親面はしないわ。それでも、あなたの無事をすぐにでも確認したかっただけなの」

「オーレリア様……」

「きっとルイが思っているよりも、私はあなたを見ているから。なぜ……あなたが今日、私と会おうと思ったのかも、ちゃんと分かっている」

ルイ様が想像するよりも、オーレリア様はルイ様を見ている。……その言葉に、私はハッとした。

そうだ。前にオーレリア様は、私が3年前に魔力を失ってからルイ様が変わったと言っていた。笑い方が変わったことも知っていた。

それはつまり、ルイ様の知らないところで、オーレリア様はずっとルイ様を見守っていたことに他ならない。

「私がなぜ、今日母上と会うと決めたかを、知っている？」

ルイ様は怪しむように眉を顰めた。だが、オーレリア様は一瞬口をギュッと噤んだあと、意を決したように開いた。

「ジョアンナのことでしょう？　急に用事ができてデュトワに戻ると言って発ってしまったけれど……それは、嘘よね」

――オーレリア様は、バンクス夫人のことをご存知だった？

オーレリア様の言葉に、一気に部屋の空気がピリッとし、緊張が走る。

「……知っていたのですか」

「一応、私も王族として生まれているもの。近しい者が怪しい行動をとっているのに、気づくなというほうが無理よ」

隣を見遣《みや》ると、ルイ様も驚いたように瞠目していた。そして、しばらく考え込むように口を閉じた。

たっぷりの沈黙のあとで、ルイ様はオーレリア様へと視線を戻した。

「バンクス夫人は、母上は関与していないと言っていましたが、それは本当ですか」

オーレリア様に何を問いただすのかとこちらまで緊張したが、思いの外直球の質問に驚いた。だが、オーレリア様は質問にオドオドすることなく姿勢を正し、顔を上げた。

「そうね。関与はしていないけど、共犯でないとは言い切れない」

──共犯でないとは言い切れない？　随分と歯切れの悪い答えだけれど、どういう意味だろうか。

内心首を傾げる私の視線に気づいたように、オーレリア様は大きく深呼吸をした。

「薄々気がついていたの。ジョアンナが隠れて何かしていることも、ヒギンズ前侯爵夫人が私と親しくする理由が娘をルイの婚約者にしたいからだ、ということも。でも、それを問いつめたり、明らかにすることはしなかった」

「気がついていたのに、問わなかったと？」

「……事実から目を背けている間は、私は知らなかったのだと言い訳ができた。もし事実だったら、私も疑われるわ。陛下は私が嫁いできた時から、オルタ国を警戒していたもの。だから、私には重要な権限や役目を与えず、離宮に籠ることを許していたの。……もし疑われるようなことがあれば、陛下は私を切り捨てるかもしれない。……そう思ったの」

「国や民よりも、保身を優先したのですね。国への裏切りだとは思いませんか」

裏切りという言葉に、オーレリア様は焦ったように首を左右に振った。

「私にとって、守るものは全てデュトワ国にあるわ。……国を裏切るつもりは、一切なかったの」

「だったらなぜ、ジョアンナ・バンクスを近くに置き続けたのですか。ヒギンズ侯爵家に好き勝手をさせていたのですか。遠ざけることだってできたのではないですか？」

「私1人が何かしたところで、何も変わらない。ジョアンナをオルタ国に帰せば、お兄様は代わりを送ってくるだけ。それに、ヒギンズ侯爵家を私が冷遇してどうなるの？　ヒギンズ家はデュトワ国の有力貴族よ」

きっとオーレリア様は、ご自分に何度も何度も言い聞かせたのだろう。自分1人の影響力など何もないのだ、と。そうして何度も目を背けた。

自分が信じたいものだけを見たいから。

自分が守りたいものを守るため。そう信じて。

オーレリア様は、僅かに震えた手で、目元を覆った。

「……それに、私が心細い時に支えてくれたのは、間違いなくジョアンナやヒギンズ前侯爵夫人だもの」

「利用するために近づいた人たちでしょう？」

「利用されるため……それが本当だったら、私の存在って何？　実の兄だけでなく、姉のように信頼していた侍女に裏切られ、仲のいい友人からは利用されるだけ。夫からは、オルタ国の元王女というだけで、ずっと監視の目が付けられている。自由なんて何もない、無力な存在じゃない」

オーレリア様が抱えてきたのは、満たされない孤独感なのではないだろうか。王女として生まれたにもかかわらず、ずっと劣等感がつきまとい、自分を見てくれる眼差しや差し伸べてくれる手を、払いのけることができなかったのかもしれない。

「私はただ……愛する夫と子供たちに囲まれて暮らせるなら、それだけで何もいらないのに。何も望むことなんてないのに」

オーレリア様は、バンクス夫人の言うように、幸せな家庭を夢見る普通の少女だったのだろう。けれど、環境がそうはさせてくれなかった。

何より望む普通こそが、一番遠くて手に入れられないものだったのかもしれない。

それは、同じく王族に生まれたルイ様も同じだ。

「それこそが一番贅沢《ぜいたく》な望みなのでしょうね」

そう言ったルイ様の言葉は、とても深く、重い響きを持っていた。

「たったそれだけを望むのはそんなにも悪いこと？」

「あなたは王妃であり、国母なのです。自分の幸せの前に、民の幸せを考える。陥れようとする人間を常に警戒し、国の未来のための選択をする。それが務めなのです」

決意を固め、自分の為《な》すべきことを理解して邁進《まいしん》していくルイ様は、オーレリア様にとって眩しい存在なのだろう。

その証拠に、オーレリア様は瞬きもせず、真っ直ぐにルイ様を見つめた。

「本当にあなたは凄い子ね」

「母上は、もっと外に目を向けたほうがいいかもしれませんね。……不自由さを作り出しているのは、自分自身かもしれませんよ。一度自分が住む国をよく見たらどうでしょう」

それまで淡々と話していたルイ様が、窓の向こうへと目線を向けた。

つられるように、「外……」とポツリと呟きながら、オーレリア様も景色に視線を這《は》わせる。

大きなガラス扉の向こうには、雲ひとつない青空が広がっていた。

「思ったほど世界は広く、悪くないものです」

そう言いながら、僅かに口角を上げたルイ様に、オーレリア様は驚いたように目を見開いた。

ルイ様からオーレリア様へ向けた言葉が、親子として微かにあった情だったのか、それとも別の感情だったのかは分からない。

けれど、もしかするとオーレリア様にとって、今後を変える一言になるかもしれない。そんな予感がした。

5章　明かされた真実

応接間から出て、客室が並ぶ廊下へと進もうとするルイ様の袖《そで》を掴む。不思議そうに振り返ったルイ様に、私は窓から見える庭園へと目線を動かす。

「少し散歩していきませんか？」

私の提案に、ルイ様は頬を綻ばせながら頷いた。

庭園へと足を踏み入れると、池を囲むように紫やピンクのチューリップが並んでいた。大きな木の下に置かれたベンチは日陰になっている。そこに座ると、澄んだ青空と陽によってキラキラと輝く池の水面がよく見えた。

「あぁ。……やはり、外はいいな。風が心地いい」

「ええ、今日は雲ひとつない美しい青空ですね。自然の中にいると、心が落ち着きます」

「ラシェル、ありがとう。……ベンチに座って景色を楽しむ時間も久しぶりな気がするな。ほっとするよ」

ルイ様はベンチの背もたれに体を預けながら、こちらを見た。先程までのどこか強張った表情と違い、今はリラックスしたように顔色に血色が戻っている。

しばらく無言で青空を見つめたルイ様だったが、何かを思い出したように表情を曇らせた。

「ごめん……」

「何がですか？」

空を見上げたままポツリと呟いたルイ様に、私は驚いた。なぜ謝られたのか、理由が全く分からなかったからだ。

だが、ルイ様はこちらへと顔を向けると、眉を下げた。

「先程の話を聞いていただろう。……私がいかに非情で、夫として相応しくない人物なのかを」

「自分や家族の幸せよりも、国を優先すると仰ったからですか？」

「あぁ。君のことを愛しているし、守りたいと思っている。きっとこの感情は唯一無二《ゆいいつむに》、君にだけ向ける感情だ。だけど、もし将来君との子を授かったとして……親として愛情を向けられるかといえば、自信がないんだ」

ルイ様は前屈《まえかが》みになりながら、膝の上で手を組み、足元へと視線を下げた。

サラリとした金髪が目元に影を落とし、表情を窺い見ることはできない。

「自分の子供であっても、将来国王になる器ではないと判断すれば、私は自分の子供よりも、親族の中から優秀な者を後継者に選ぶかもしれない」

「ルイ様のお考えはよく分かります。嫡子《ちゃくし》相続だけが全てではありませんし、適性もあるでしよう。それだけの責任ある立場なのですから」

「以前、ラシェルとの婚約を陛下に解消されそうになったことがあっただろう？　あの時、陛下は私を王太子から外すと脅してきた」

確か、アンナさんが光の精霊王から加護を授かったことで、陛下はアンナさんとルイ様を婚約させようと考えた。だが、ルイ様がそれに反抗すると、王太子の座をアルベリク殿下に譲ることも考える、と脅したのだった。

もちろん、ルイ様は一切屈せず、最終的には陛下も私たちの関係を認めてくれた。

当時、ルイ様と破局するかもしれないと悩んだことを思い出すと、今も切ない気持ちが蘇ってくる。

「陛下だったらやりかねないと思っていた。自分が国王になった時はそんなくだらない脅しなんかするものか、と怒り狂ったよ。だけど、いざとなればその決断をする冷酷《れいこく》さが自分の中にあるのだと分かり、自分自身が恐ろしくなる。……似たくもないのに、な」

「陛下とルイ様はどちらも国を想う心は同じですが、同じ状況になって同じ選択をするとは思いません」

ルイ様を誰よりも見続けた私だからこそ、自信を持って言える。ルイ様に訴えるように顔を覗き込むと、ルイ様は驚いたように目を見開いた。だが、すぐに嬉しそうに頬を緩めた。

「ラシェルがそう言ってくれることが何より心強いよ。……そうだな。陛下と私は違う。何より、私には君が側にいてくれる」

「未来のことは分かりません。子供が国王の器かどうかだって、親族の中に優秀な者がいるかだって、まだ先のことです。それよりも、自分たちがどう接するかが重要だと思います。責任感も器も、生まれ持つものではなく育つものです。全ては私たち次第かと」

「……育つもの、か」

「えぇ。何より大事なのは、信じることだと思います」

何より私は、ルイ様と共にいる未来だからこそ、信じられる。その気持ちを込めてルイ様の瞳を真っ直ぐ見つめる。

すると、ルイ様はほんのりと頬を赤らめながら、左手で頭を押さえた。金髪がくしゃっと形を変え、手から零れた髪がルイ様の頬にかかった。

「まいったな。これ以上ないほどラシェルに惚れ込んでいるというのに、また愛しい気持ちが増してしまったよ」

その言葉に私の胸はドキッと跳ねた。ルイ様の柔らかく細めた眼差し、口調、空気感の全てが、私への想いを真っ直ぐに伝えてくれているのが分かる。

さわさわと頬を撫でるように、絶え間なく流れる風で揺れる私の髪に、ルイ様は優しく手を伸ばした。そして、顔にかかる髪を私の耳元へとかけた。

ルイ様の整った綺麗な顔を間近で見つめるだけで、心臓の鼓動《こどう》が早まっていく。

「ラシェル、私は自分の子供をちゃんと愛せる人間になれるだろうか」

「怖いですか？」

私の問いに、ルイ様は「うーん」と少し考え込んだ。

「私は父にも母にも、親子の情なんてものを微塵《みじん》も感じていない。だから、親子というものの特別さをあまり理解できないんだ。例えば子供ができたとして、君への気持ちと同じような感情を、自分がその子に持てる自信がなかった。……さっきまでは」

──さっきまで？　今は違うということ？

首を傾げる私に、ルイ様は笑みを浮かべた。

「ラシェルの話を聞いて、少し考え方が変わった」

「どう変わったのか、聞いてもいいですか？」

「ラシェルとの婚約が決まった時も、初めから今のような気持ちを持っていたわけではない。君が人を愛することをゆっくりと私に教えてくれたよね。……子供がひとつひとつ学んでいくように、私も自分が親になって、ひとつひとつ学んでいくものなのだろうな。そして、心を育てることができるのかもしれない」

「えぇ、そうです。きっとこの先、私とルイ様の間に子供を授かったとしたら、その子が愛し方を教えてくれると思うのです」

未来のことなど何も分からないけど、それでもルイ様となら、どんな困難であっても一緒に乗り越えていけると信じられる。

「どんなことがあろうと、私はあなたの隣にいます。だから、支え合っていきましょう」

「あぁ。ラシェルとなら、いつだって自分が変われる気がするよ」

「私も同じです。ルイ様がいるから、困難からも逃げずに向き合える気がするのです。私には何があっても味方になってくれる人がいると、知っているから」

隣に座るルイ様の頭がコツンと、私の肩に乗った。

「……ラシェル。……ありがとう」

小さく消え入るように、それでも私の耳にしっかりと聞こえるように、ルイ様は呟いた。私はルイ様の頭に頬を寄せる。すると、ルイ様から笑みの漏れる音が聞こえた。その声はとても柔らかく、心地いい響きを持っていた。

——いつまでもずっとこんな時間が続きますように。

穏やかな時間の幸福感に、私はそっと瞼《まぶた》を閉じて、今のこの時間を噛みしめた。

だが、2人だけの緩やかで温かい時間は、突如終わりを告げた。

ベンチの横に手を置こうとした時、何かが手に当たる感触がしたからだった。

不思議に思って隣を向くと、そこにはちょこんと小さな箱が置かれていた。

「あら……なぜこの箱がここに？」

間違いなく先程までなかったその箱は、見覚えのあるものだった。箱を手に取ると、ルイ様も上体を起こし、私の手元を覗き込んだ。

「これは闇の精霊王からもらったものだろう？　……もう1人の私と文通するための手段、だったな」

「そうです。部屋に置いていたはずなのに……」

鳥の羽と蔦の紋様が描かれた木箱は、キラキラと光り輝いている。まるで、何かを知らせるように。

「中を開けてみては？」

ルイ様の言葉に頷き、木箱を開く。すると、そこには1通の手紙が入っていた。

「手紙が入っています！　殿下からの手紙！」

手紙を手に取り、差出人の名を見ると、そこにはルイ・デュトワの名があった。並行世界へと戻っていった殿下からの手紙だ。

「ふーん、もう1人の私を、『ルイ様』ではなく『殿下』と呼び分けている、と」

――あっ、まずい。

思わず喜んでしまったが、ルイ様は私が殿下の話をすることを、あまり好きではなかったはず。チラッと隣へと視線を向けると、ルイ様は意外そうな顔をしていた。

口元が弧《こ》を描いている姿に、ポカンとする。すると、ルイ様は「しまった」とでもいうように、焦った様子で口元を手で隠した。

「べ、別に優越感など感じては……」

「優越感？」

「……いや、嘘だ。気にしないと言っておいて、ずっともう1人の自分と君の関係に嫉妬していた。だから、君の言うルイ様が、私だけの呼び名だと思うと、改めて特別感があるなって嬉しかっただけだ。……大人気《おとなげ》ないな」

手すりに肘をかけて恥ずかしそうにそっぽを向くルイ様に、思わずクスッと笑みが漏れる。

「嫉妬深さに呆れた？」

「いいえ。それだけ私を想ってくれているということでしょう？　嬉しいです」

――これは本当。だって、それだけルイ様に深い愛情を向けられているということだから。

私の言葉に、ルイ様はほっとしたようで、私が手にする手紙へと目線を落とした。

「さぁ、読んで」

「あの……？」

「ん？　もちろん私はここでラシェルが読むのを待っているよ」

部屋に戻ってから読むつもりだった私に、ルイ様は封を開けるように促した。にっこりと微笑むルイ様に、私は肩を竦めた。

「では……」

封筒から手紙を取り出すと、何枚にもわたって美しい文字が並んでいた。

「……拝啓、ラシェル・マルセル様……お変わりなく元気で過ごしているだろうか。この手紙を書いている今、春風に乗って花の香りが部屋を満たし、君と過ごした日々がまるで昨日のことのように思い浮かぶ」

一字一字を大切に、丁寧な文字で書かれた文は、読むだけで、闇の精霊の地で彼と過ごした僅かな日々を思い起こさせる。

だが、隣でルイ様が座り直す、木の軋む音にハッと顔を上げた。すると、手すりに肘をついたルイ様が、どこかふて腐れた表情をしていた。

「……キザな言い回しだな」

「そ、そんなことはありませんよ。続き読みますね」

ムスッとするルイ様に、書き出しがルイ様の手紙ととても似ている、だなんて口が裂けても言えない。

「今、君は何をしているだろうか。1人で過ごしている？　それとも、この手紙を読んでいる今も、隣には独占欲丸出しの婚約者がいるのかな？」

そこまで読み、思わずルイ様と顔を見合わせる。すると、ルイ様も驚いたように目を丸くしていた。

「バレていますね。さすがもう1人のルイ様です」

「……こういう時、自分のことながら嫌になるな」

ふふっ、と自然に笑い声が漏れながら、続きを……と手紙へと目線を戻す。

「さて、今回手紙を書いたのは、君の死の真相が全て明らかになったからだ」

そこまで読んで、ハッと顔を上げた。すると、ルイ様も同じことを思ったのか、見合わせた顔は私同様に緊迫した様子だった。

「ルイ様！　これって」

「あ、あぁ。続きを読んでくれ」

ルイ様の言葉に頷いた私は、手紙の先を読み始めた。

◆◇◆◇◆

――拝啓、ラシェル・マルセル様。

白紙にそこまで書き、ペンを止める。そして、ぐしゃぐしゃと紙を乱雑に丸めてゴミ箱へと投げ入れた。

「殿下、ゴミ箱を溢れさせるのはやめてください。何度も言ったでしょう」

「シリル？　は？　いつ入ってきたんだ？」

「さっきですけど、気がつかなかったのですか？　少しの気配でも気づく殿下が珍しいですね」

「全く気がつかなかった。……でも待て。私は1人にしてくれと頼んだだろう」

ドサッと執務机に大量の紙を置き、顰《しか》めっ面で苦言を呈するシリルに、私はポカンと目を丸めた。

確かについ先刻、出先《でさき》から執務室に戻る際に、今日は1人ですることがあるから入室は許可しないと伝えたはずだ。

「はいはい。ちょっと仕事の資料を取りに来ただけなので、すぐに退散します。でも私は、テオドール様と違ってノックもしていますし、声もかけておりますす。聞いていなかったのは殿下のほうですからね」

「……それは悪かった。だが」

――ノックも声かけもしたのに、無視する形になっていたのか。全く気がつかなかった。

バツの悪さに頬を掻きながら、視線を逸らす。だがそれでも今は、優先してすることがあった。だから早く出ていってほしい、と言葉にせず、目線で退室を促す。

シリルも私の真意にすぐに気づいたようで、ため息を吐きながら、1冊のファイルを本棚から取り出してそれを掲げた。

「分かっていますって。このファイルだけ持って、私は退散します。……ですが、机に置いた書類は明日にはきっちりと終わらせてくださいね」

「分かっている」

どさりと積み上げられた書類の山にげんなりとしながらも、ため息を吐くだけに留めておく。自分の我儘《わがまま》を通すのだから、あまり文句も言っていられない。

「それと、頼まれていたものはそちらのテーブルに置いておきましたから。……今日行かれるのでしょう？」

「……あぁ、ありがとう」

目線をサイドテーブルへと動かすと、そこには確かに、シリルに頼んでいたものが注文通りに準備されていた。

感謝の言葉を紡ぐ私に、シリルは何か口を開けかけるが、すぐに閉じ、一礼して退室する。

それを見送ったあと、もう一度ペンを握り、便箋《びんせん》と向き合う。だが、うまく言葉を紡ぐことができない。

「ダメだ……言葉が浮かばない」

手紙を1通書くのに、こんなにも悩んだことはない。それでも、彼女がこの手紙に目を通すと思うと、色々なことを伝えたい気持ちと裏腹に、当たり障《さわ》りのない言葉しか浮かばない自分に憤《いきどお》りを覚える。

——それだけ、今まで私が送ってきた手紙は中身のないものだったということか。

それに、この手紙を書くということは、私にとっても彼女にとっても1つの区切りになるのかもしれない。

だが、私はまだラシェルへの想いを何も吹っきれていないばかりか、死の真相に近づけば近づくほど、想いは募っていくばかりだった。

「せっかく、ラシェルに報告できることがあるというのに、手紙で伝える術があるというのに、うまく言葉にすらできないとは……本当に情けない」

精霊の地から戻ってきた私は、つい先日ようやく黒幕に辿り着くことができた。

その人物に辿り着く鍵は、やはり母の存在だった。だが、調べを進めていくうちに、想像以上に厄介な問題が渦巻いていた。

何が厄介だったかというと、まずは国内の膿《うみ》の広がりが想定以上だった。そして、簡単には手出しできない存在、オルタ国が関わっていた。

テオドールやシリル、アルベリクは十分に働いてくれた。だが、隣国が関わるとなると、まだ不十分だった。

ほとんど親交のなかった隣国の第二王子、リカルド殿下と秘密裏に面会し、オルタ国の後継者としてリカルド殿下を支持すると約束し、協力を求めた。

リカルド殿下は当初、知るはずのない闇の精霊を私が知っていたこと、オルタ国の内情を調べ上げていることに警戒していた。だが、国を想う気持ちが似通っていたことで、すぐに意気投合した。今は協力関係に留まらず、互いによき理解者になり得ると期待している。

そうして、ようやく分かった真実。ここまで来るのに、予定よりも大幅に時間がかかってしまった。

もちろん黒幕に辿り着いたからといって、これで終わりではない。今後も国同士の問題により、解決には相当な時間がかかることだろう。まずはデュトワ国に蔓延《はびこ》る害虫の駆除《くじょ》が優先されるのだから、なおさらだ。

それでも、黒幕が判明し、真相が明らかになったことは1つの区切りだ。だからこそ、まず初めにしなければならないのは、ラシェルへの報告だ。

——報告……そのためにここまで突っ走ってきたはずだ。にもかかわらず、手紙の1つもうまく書くことができないとは。

自分の不甲斐なさに嫌気が差し、机に突っ伏した。その時、ガチャっと扉が開いた。

「おーい、邪魔するぞ。……あれ、寝るとこ？」

「……次から次へと。本当にお前たちは、私の邪魔をするのが好きだな」

深いため息を吐く私に、テオドールは首を傾げた。

「お前たち？　誰のことを言ってんの？」

「シリルだよ。お前たちは、ゆっくり手紙を書く時間も与えないつもりか」

「は？　手紙ぐらい好きに書いたらいい。俺のことは気にせずに書いたらどうだ？」

「気が散ってできるはずがないだろう」

深いため息を吐きながら、ギロッとテオドールを睨む。すると、テオドールは不思議そうに肩を竦めた。

テオドールの前で続きが書けるとは思えず、机の上に広げた便箋を引き出しにしまう。

まるで自室のように勝手にソファーに座ったテオドールに、これ以上文句を言う気力もない。

私もまた執務机から移動し、テオドールが座るのとは反対側のソファーへ腰を下ろし、正面を向いた。

「……で、お前に任せたことは全部片付いたのか」

「国内のほうは大体はな。リカルド殿下に任せた隣国側については、まだ時間がかかりそうだけどな。はい、これは国内分のリスト」

テオドールが手渡すファイルには、ラシェルが暗殺された事件、キャロル嬢が毒を盛られたお茶会の事件、そしてデュトワ国内に蔓延るオルタ国のスパイ問題、それらに関わった人物たちがリストアップされていた。

ファイルをパラパラとめくりながら、1人ずつ確認していく。関わった貴族に関しては、私が自ら立ち合い、連行した。だが、このファイルには、使用人や屋敷に出入りしていた人物などども、さらに詳しく記されていた。

「……よく調べられているな。助かるよ」

「それで、今回関わっていた貴族たちの処分はもう決めたのか」

「いや、陛下や貴族院とも相談しないといけないからな。裁判も長引くだろうし」

「あー、でもヒギンズ侯爵派の貴族たちも多かったし、貴族院の3分の1は入れ替わるかもしれないな。同等の家格《かかく》であるマルセル侯爵家も、大臣職を断ったとか」

「あぁ。マルセル侯爵からは、領地経営に重点を置きたいと言われてしまった。……だが、私を含め王家への不信感が強いのだろうな」

今後、失った信頼を取り戻せるかは分からない。だけど、私の一生をかけて償うつもりだ。

それに、本当の意味でこの事件が解決するには、少なくとも3年はかかるだろう。それほどヒギンズ侯爵家をはじめこの件で裁かれる貴族の数は多く、国内外への影響はそれだけ大きくなる。

「とりあえず、ヒギンズ侯爵とジョアンナ・バンクスは、聖女暗殺未遂の罪で拘束している。ヒギンズ侯爵は、違法薬物の売買や禁止されている奴隷商と関わっていたから、罪は相当重くなるだろう」

「まさかラシェル嬢の起こした事件が、裏で仕組まれていたものだったとはな。ラシェル嬢が毒薬を購入した店は、オルタ国から来た、ヒギンズ侯爵家お抱えの商人だった。そして、ラシェル嬢を騙《だま》し、聖女のお茶に毒薬を混ぜるように唆《そそのか》した、と」

「あぁ。目的はラシェルを私の婚約者の座から下ろすこと。間違っても聖女を殺すことがないようにと、ラシェルとキャロル嬢のお茶会に、ヒギンズ家の侍女が解毒《げどく》剤を持って待機していたそうだ」

実際には、ヒギンズ家の侍女は、母からの遣いだと言ってマルセル侯爵家で待機していたらしい。それを手引きしたのは、バンクス夫人だ。

ヒギンズ家とバンクス夫人の目的は、ひとえにカトリーナ・ヒギンズを私の婚約者にすることだった。

「カトリーナ・ヒギンズが私の妃となれば、デュトワ国へのオルタ国の介入が容易《たやす》くなる。なんといっても、母上と違ってカトリーナは社交界を牛耳《ぎゅうじ》ることができるだろうし、実家のヒギンズ家は欲深さを隠しもしないからな」

「デュトワ国がゆっくりと弱っていくのを、数十年かけて待つつもりだったとは。恐ろしい話だ」

バンクス夫人はオルタ国王の手先として、デュトワ国の機密情報を集めていた。いつの日か、デュトワ国を属国とするために。失われしオルタの栄華をデュトワから取り戻すために。

――ラシェルはそのために利用されようとしていた。

「……だが、バンクス夫人の話では、ラシェルを殺す計画はなかった、と」

バンクス夫人は、尋問《じんもん》に抵抗することなく、洗いざらい話した。

ラシェルが殺されたという報《しら》せを受け、犯人が誰であるのかすぐにピンと来たそうで、自分の罪が明らかにされる日も近いだろうと覚悟していたそうだ。

そんな彼女が言うには、ラシェルと私の婚約破棄を狙ったことは認めるが、それはラシェルを利用したかったからであり、殺害するつもりなど一切なかったそうだ。

「婚約破棄されたラシェル嬢は、社交界に二度と出ることが叶わなくなる。……そこを狙ったのだったな」

「あぁ。私たちは光の魔力が強いせいか、闇の魔力を感知するのは難しい。だが、それが可能だった人物こそが、ジョアンナ・バンクスだった」

違う世界の自分と魂《たましい》が入れ替わるまで、私は闇の精霊の存在も、闇の魔力についても全く知らなかった。けれど、オルタ国では当たり前に存在し、王族や高位貴族は稀《まれ》に闇の魔力を持つそうだ。

水の魔力が強いとされていたラシェルは、実はオルタ国内でも貴重な闇の魔力持ちだった。その事実は、オルタ国において、相当な利用価値がある。

元々ラシェルを、魔力の高さで婚約者に選んだ私としても耳が痛い話だ。彼女の本来の力は水ではなく、闇でこそ発揮《はっき》される。ラシェルの魔力、それを狙われた。

「ラシェル本人も知らなかった闇の魔力の高さを、オルタ国王は利用したかった。だから、ラシェルを孤立させ、バンクス夫人が救いの手を差し伸べる予定だった」

「ほとぼりが冷めるまでオルタ国で預かると、ラシェル嬢やマルセル侯爵を説得する予定だったらしいな。オルタ国王は息子であっても易々《やすやす》と王位を譲りたがらないそうだ。だが、第一王子にはミネルヴァの実家の後ろ盾があり、第二王子のリカルド殿下は相当な闇使いだそうだからな。だからこそ、ラシェル嬢の力を手元に置くことで、オルタ国王の力を強める予定だった」

「その計画を壊したのが、オルタ国王妃ミネルヴァか」

ミネルヴァは、バンクス夫人やオルタ国王の計画の全てを把握していたわけではない。けれど、ラシェルを獲得しようとする動きを掴んだ。

オルタ国王が自分を冷遇していることは、ミネルヴァ自身がよく知っていた。だからこそ、ラシェルを側妃にするかもしれないという情報に、激怒した。

未だ後継者を指名せず、バンクス夫人に執着を見せ続けるオルタ国王に、ミネルヴァは長年にわたり嫉妬心や猜疑心を強めていた。その焦りを刺激した。

もしもラシェルがオルタ国王の妃になり、男児を産めば、ミネルヴァの愛するファウストは後継者に選ばれないかもしれない。

——危険な芽は排除するべきだ。

……今回の件を問いつめたリカルド殿下に、ミネルヴァはそう答えたそうだ。

「私がラシェルのことを嫌っているという噂が、ミネルヴァの行動をあと押しした。……もし殺されたとしても、婚約破棄されて修道院に行かされるような者の死の真相を、私が突き止めるはずがない、と」

「……どうだろうな。だが、ミネルヴァは元々残酷で狡猾な女だ。今回の件でミネルヴァに関する情報が他にも明らかになってきた。彼女は、オルタ国王に近づきそうな女たちを毒で排除していたそうだ。実家ぐるみでだ」

ミネルヴァの生家は、オルタ王族よりも権力を握っている家だ。それを国王が疎《うと》んでいることも知っていた。だからミネルヴァは、いつ何時も自分の足元を揺るがす存在を許さなかった。彼女は自分の立場を脅かす存在を徹底的に排除した。それが実の姉であっても。

——そんな女の浅ましい思惑で、ラシェルは無惨《むざん》に殺されたんだ。……たった1人で。

許すことなどできない。今すぐにでも、身ひとつでもあの女の前に行って、ラシェルと同じ目に遭わせてやりたい。……いや、ラシェルよりももっと残酷に、絶望の中で一生を終えさせてやりたい。

膝に置いた手に力を込めすぎて、爪が食い込む。だが、それでも力を緩めることができない。悔《くや》しさだけが込み上げてくる。

「本来ならこの手で、ラシェルの仇《かたき》を取りたい。……それができないのが悔しくて堪らない」

「分かるよ、ルイ。俺も同じ気持ちだ」

深い悲しみを隠さない声色にハッと顔を上げる。そこには、顔を歪めながら無理やり笑みを作るテオドールの姿があった。

——そうだ。テオドールは、私よりもずっとラシェルの死の真相に向き合ってきた。どれほどの悔しさ、憎しみを抱えているのか。それでも、私の背を叩いてくれている。

今日だってそうだ。きっとシリルもテオドールも、今日という日に私を1人きりにしないよう、ここに来てくれたのだろう。

テオドールだって1人で過ごしたかったかもしれないだろうに。

「ルイが直接手を下すことは叶わなかったかもしれない。だけど、あいつは……あいつらは、徐々に失っていくんだ。地位も名誉も名声も、今まで当たり前にあったものを失っていく」

「あぁ……そうだな」

見栄《みえ》を何より重視するミネルヴァにとって、それは死ぬことよりも辛い屈辱になり得るのかもしれない。

「リカルド殿下からの伝言では、この件で、隣国は国王が退位し、王妃は離縁になるだろうと。そして、新たな王としてリカルド殿下が即位する。こちらに有利な条件で新たな条約を結んで落ち着くことになりそうだ」

「あぁ。結果的に、ラシェルがこの国の将来を救ってくれたようなものだ」

今回の事件は、デュトワ国だけでなく、オルタ国の今後をも好転させていく結果になるだろう。

──ラシェルという、私のたった1人の愛する人を失ったことにより。この喪失《そうしつ》感は今後決して埋めることはできないだろうが。

「お前にはまだやらなくてはならないことが沢山ある。あまり思いつめるなよ」

「……分かってる」

俯く私に、テオドールのテノールの響きが届く。その声は静かに、そして優しく、私の心に響いた。

「ルイの悔しさは、俺にもよく分かるよ。犯人が分かったからといって、すぐに気持ちの整理がつくわけじゃない。……だが、ようやく会いに行くことができるな」

テオドールの言葉に、私は静かにひとつ頷いた。

「1人で行くんだろう？　大丈夫か？」

「あぁ、1人で行きたいんだ」

「分かった。……試作品だからどこまで有効か分からないが、このペンダントを着ければ、認識阻害の術がかかるようになっている。お前が王太子だと気づかれることもないだろう」

顔を上げて手を差し出す。すると、乳白色の魔石が嵌め込まれたペンダントがチャリンと音を立てて置かれた。

「……助かる。ありがとうな、テオドール」

テオドールは口角をニッと上げ、私の頭をポンポンと撫でたあと、何も言わずに部屋から出ていった。

城の地下に続く鉄の扉の前に立つと、私に気がついた門番が恭《うやうや》しく敬礼をした。

「開けてくれ」

そう声をかけると、2人がかりで扉は開かれた。石造りのひんやりとした空気が流れ込むのを感じながら、コツコツと足音を鳴らして奥へと進んでいく。

途中で見回りの騎士を見つけるたびに、労《ねぎら》いの声をかけていく。

ここは王宮の地下牢《ちかろう》。ひと月に数回程度しか使用されなかったこの牢だが、今はほとんどが埋まっている。私が歩みを進めるたびに、「殿下!」「殿下、私は無実です!」と何人もが必死の声で叫ぶ。だが、この異様な光景に私は一切目を向けず、目的の牢まで歩を緩めることなく進んだ。

1つの牢の前で立ち止まると、薄暗い空間で、蝋燭《ろうそく》の火を頼りに本を読んでいた貴婦人が顔を上げた。

「あら、今日もいらしたのですね。王太子殿下」

ふわりと優雅に微笑んだ彼女は、ジョアンナ・バンクスだ。あまりに自然な微笑みに、ここが地下牢であることを一瞬忘れてしまいそうになる。

睨みつける私に、バンクス夫人はクスッと笑みを深めた。

「何がおかしい」

「そんなに怖い顔をしなくても、私の知る全ては殿下にお話ししましたから。これ以上は何もありませんよ」

悪びれる様子もなく、再び本へと視線を戻すバンクス夫人に、ピクリと眉を寄せる。

「リカルド殿下から預かりものだ」

「これは？　私に手紙ですか？」

「あぁ。もちろん中は検《あらた》めさせてもらった。……差出人はミネルヴァ・オルタだ」

「わざわざありがとうございます」

バンクス夫人はこちらまで歩いてくると、柵《さく》の間から手を出して手紙を受け取る。すると、何の躊躇もなくその手紙を、火にかけてしまった。

半分ほど燃え移るのを確認して、バンクス夫人は手紙を冷たい石の床へと投げ捨てた。無表情のまま灰になる様子を眺めると、靴で残り火を消し去り、何事もなかったように再び席に着いた。

「読まないのか」

呆気《あっけ》にとられていると、バンクス夫人は酷く冷めた目で手紙の残骸を見遣った。

「読まなくても内容は分かりますから。私への恨《うら》み辛みでしょう。もうそういうのに付き合ってあげる必要もないですから。……あら、でもこの手紙がここにあるということは、ミネルヴァの罪も明らかになったということね」

「……今日、リカルド殿下から報告があった。ラシェルを殺した犯人は、ミネルヴァで間違いないと」

「やはりそうでしたか。殿下もオルタ国に向かうのですか？」

――言われるまでもなく、当たり前だ。

ラシェルを殺した犯人が判明したんだ。この手で仇を取るに決まっている。今この瞬間も、すぐにでもオルタ国に行って、ミネルヴァにこの世の苦行《くぎょう》を全て負わせて、あの世に送ってやりたいほどだ。

それをどうにかして、必死に抑えているというのに、この女は……よくも飄々《ひょうひょう》とした態度でいられるものだ。苛立ちに目元がさらにキツくなる。

「あぁ、もちろん。だが、あなたはもう二度と祖国の土を踏むことはないだろうな」

苛立ちをぶつけるように強く柵を掴む。すると、バンクス夫人はこちらに視線を向けずに、ハッと鼻で笑った。

「せいせいしますわ。私にとって、もうあの国の行く末などどうでもいいですもの」

「オルタ国王のこともどうでもいいと？　国王のために、己《おのれ》を犠牲にして身を捧げてきたのだろう」

「……私は彼が堕《お》ちるのであれば、喜んで地獄へもご一緒します」

「恐ろしい話だ」

妖艶《ようえん》に微笑むバンクス夫人の心情は、私には理解できかねる。愛する者の幸せを願うのではなく、共に堕ちたいとは。

眉を顰めた私に、バンクス夫人は首を傾げた。

「……殿下は随分とお変わりになったようですね。婚約者を亡くすと、こうも変化するものなのでしょうか。不思議ですね」

「あなたには関係のない話だ」

「まぁ、そうですね。ですが、私も殿下を幼い頃から見守っている1人ですから。その変化がオーレリア様にとってよくないものであったのなら、あの方が悲しまれますから」

「こんな時まで母上か」

バンクス夫人を連日尋問していると、彼女が表情を変えるのはいつだって母上のことだった。母上を必死に庇い、あの方は関係ないと錯乱《さくらん》するほどだった。

そんな母を庇おうとする感情を利用することで、全てを白状させたのだが。さらに父のデュトワ国王が、母の罪を問わないと判断した。それでようやく、バンクス夫人は落ち着きを取り戻した。

「私を殺したいとお思いですか？　どうぞ一切の情を持たず、死罪にでもしてください。諜報員の最期などは、派手《はで》であればあるほど国民が喜ぶでしょうからね」

だが、それからは開き直るのも早かった。落ち着きを取り戻すと、もう現世《げんせ》に思い残すことはないとばかりに、このように死を望むような口ぶりが増えた。

「情などあるはずがないだろう。あなたの望む通り、しっかりと罪は償ってもらう」

「この世に未練などありませんから。いつでもどうぞ」

「ミネルヴァ・オルタも酷い女だが、あなたも大概《たいがい》だな」

「あら、妹と同類のように扱われるのは心外です。あの子が余計なことをしなければ、今頃は皆が幸せになれたというのに」

「……幸せ、だと」

おかしな女の戯言《ざれごと》にいちいち反応しなければいいものを、ラシェルを持ち出されると、カッと怒りが込み上げる。

「ええ、ラシェル様はご自分の価値を理解しない国よりも、陛下の元にいたほうがよかったでしょうね。陛下であれば、ラシェル様の真のお力をより発揮できたのに」

「それがラシェルの幸せだったと？」

地の底を這うような、己の声とは思えない低音が耳に届く。だが、バンクス夫人は何でもないように、微笑んだ。

「……愛されずに、嫉妬に狂うよりもマシでしょう？　殿下だって、ラシェル様の人柄なんかに興味はなかったはず。聖女が現れるまで、この国の貴族令嬢の中で一番利用価値が高いからラシェル様を婚約者にしていたのですよね」

直球の物言いに、唇を噛む。

バンクス夫人は、私の顔色が変わったのを観察するように、視線を上げてこちらを見た。

「この国に聖女が誕生した。だから、利用価値が下がったのでしょう？」

「黙れ」

「だから、婚約破棄したのでしょう？」

「口を慎め！」

――うるさい。うるさい。うるさい。

畳《たた》みかけてくる声に、耳を塞ぎたくなる。

「私は、あの聖女暗殺未遂の事件がなければ、ラシェルとの婚約を解消しなかった」

「そうでしょうか。事件に違和感を覚えても、殿下はそれを追及せずに、目を瞑ったのですよね。……ちょうどいい婚約破棄の口実《こうじつ》を得られたから。元々ラシェル様のことを邪魔だと思っていたのですよね」

「そんなことは……」

――ないとは言えない。

昔の私は、確かに彼女を嫌悪していた。余計なことをしてくれたと苛立ったが、なぜラシェルがそんなことをしたのかを知ろうとしなかった。

殺意はなかったとラシェルが訴えた時も、言い訳を並べて私に追い縋《すが》ろうとしているだけだと思い、耳を貸さなかった。

「聖女の魔力があれば、ラシェル様は用なしですもの。苛烈《かれつ》で扱いづらい婚約者よりも、慈悲《じひ》深くて言うことを聞く聖女のほうが、殿下の計画に適していたのですよね」

「……その状況を作ったのもあなたたちだろう。感情をコントロールできなくする茶葉を飲ませ、本来の彼女を作り変えた」

「いいえ、あの茶葉の作用は我慢が利かなくなるだけです。それもまたラシェル様の感情。目を背けたのは、殿下自身です」

――知っている。お前に言われずとも。自分がいかに間違った行動をとり続けたかは、私が一番知っているんだ。

握りしめた手に爪が食い込む。唇を噛みしめながら、こんな奴の挑発に乗るものかと自分を落ち着かせる。

――私はあの日から。彼女を失った日から、自分の無力さをよく知っているんだ。人に言われずとも。だからこそ、ここまで苛立つんだ。

「殿下は私と妹、どちらがより憎いのかしら」

「誰が憎いだって？　……愚問《ぐもん》だな」

今すぐオルタ国に飛んでいって、ミネルヴァをこの手で始末したい憤りは今も変わりない。

ここまでの憎しみを未だかつて感じたことはない。

ヒギンズ侯爵やバンクス夫人に対してもそうだ。連日のように尋問し、思わず声を荒げたことは一度や二度ではない。

お前たちのせいでラシェルが……。そう考えると、感情のままに胸倉を掴み上げ、力に任せてめちゃくちゃにしたくなる。

だけど、そんなことで、この怒りと悲しみと虚しさが収まるはずもない。

――私が一番憎く、一番恨んでいるのは……私自身に他ならないのだから。

この悲劇を招いた責任は私にある。だからこそ、私はこれ以上バンクス夫人に何も言うことなく、地下牢に背を向けた。

「次は、裁判で」

立ち去る直前に、そう告げた。私は私の方法で、この罪を負っていくと決めたのだから。

地下牢から戻ると、私はまた執務机に座り、引き出しに仕舞った便箋を取り出す。すると、先程までは一文字も書けなかった言葉が嘘のように、するすると溢れ出てきた。心の奥底から言葉が溢れ出るような不思議な感覚だ。

一心に書き連ね、あっという間に便箋3枚の上から下まで文字がぎっしりと埋まった。

封を閉じ、机の上に置いて、伸びをする。すると、先程までオレンジ色だった空はいつの間にか真っ暗な夜空へと変わっていた。

吸い込まれそうな漆黒《しっこく》の闇は、永遠に見続けていられる穏やかさがある。時計へと意識を向けると、既に夜中《よなか》の時間になっていた。

すんなり書けたと思った手紙だったが、一文字一文字に時間をかけたせいか、気づかぬうちに何時間も経っていたらしい。

「……さて、行くとするか」

執務机から立ち上がると、真っ黒な外套《がいとう》を羽織り、テーブルに置かれた花束を手に取る。

咲き誇る白百合《しらゆり》の中に、蕾《つぼみ》が混じっている。茎《くき》と葉は鮮《あざ》やかな緑色をしており、百合の清廉《せいれん》さを一層際立たせている。

顔を寄せずとも百合の香りが鼻を掠め、目を閉じればここが執務室であることを忘れてしまいそうだ。

供も連れずに外に出ると、夜空に無数の星が浮かんでいて、ほうっと息を吐く。今日は満月だ。いつもより月が明るい。

これであれば、魔石ライトを使用すれば、夜道もよく見えるだろう。

そう考えながら愛馬に跨がり、王城の正門から出て、すぐ近くの山を駆け上がる。標高は低く、あっという間に山頂に着く。見上げれば眩しい星空を隠すものは何もなく、眼前には王都の街並みが広がる、見晴らしのいい場所だ。

「王都を一望できる。まるで空まで飛んでいけそうだな」

――あぁ、ここは静かで落ち着くな。マルセル侯爵がこの場所にした理由がよく分かる。

愛馬を近くの木に繋ぎ、花束を持ちながら一歩一歩、目的の場所まで近づく。

目的地に着くと、私は膝をついて花束をそっと添えた。

「遅くなってごめん。……ラシェル」

私の視線の先には、長方形の白大理石《しろだいりせき》がある。上には色鮮やかな花が添えられている。枯れた様子もなく美しく咲き誇っているから、昨日もしくは今日、ここを訪ねた誰かが置いていったのだろう。

――もしかしたらテオドールが、私の執務室を出てから訪ねたのかもしれないな。

ここはラシェルの亡骸《なきがら》が埋葬された場所だ。もちろん、この下に彼女の魂は眠ってはいない。それは十分に分かっている。だが、それを知ってなお、私はこの場所に足を運ぶことができなかった。

ラシェルの葬儀に出たきり、私は一度もここに来たことがなかった。

石板《せきばん》に刻《きざ》まれたラシェル・マルセルの名を指でなぞる。

「ようやくここに来ることができた」

ラシェルの死の真相を明らかにした時、ここに来ると決めていた。私の口から君に、報告するべきだと思ったから。

だが、ラシェルの墓を前にすると、どうしようもなく胸が苦しくなる。

全てを明らかにして決着がついた時、一区切りつけなければいけないと思っていた。黒幕を突き止め、君に報告ができれば、きっと前を向けるのだと信じて。君に報《むく》いることができると信じて。

だけど、少し違ったようだ。

もちろんラシェルを陥れた者たちに罪を償わせることはできる。だが、それで気持ちが晴れるなんてことは一切ないだろう。

君が帰ってくることなどないのだから。

何より、この事件に関わった人物ひとりひとりを確認し、事情聴取で本人の口から罪を明らかにされた時、私は彼らだけを憎んだのではなかった。

罪が明らかになるたび、関与した者がまた1人増えるたび、一番殺してやりたいと思ったのは、私自身なんだ。自分の不甲斐なさに、自分のとった行動や選択の一つ一つに、何度も何度も憎しみが湧いた。

――愛する人を殺したのは、間違いなく私だ。

でも、きっと、そんなことを私が考えていたら、ラシェルは悲しい顔をしながら否定してくれるのだろう。自分のせいだった、と。私を責めることなく。

触れた手から伝わる温もり、振り向いた時に目元がくしゃっと細くなる微笑み、頬を染め恥ずかしそうにギュッと噤む唇、泣き出しそうになった時の潤んだ瞳。こんなにも鮮明に思い出せるのに、君だけがいないんだ。

「あぁ、終わらせたくないな……」

――寂しいよ、凄く。君がいない人生は、寂しい。

きっとこれからも私は君を想い、君を追いかけるのだろうな。届くことのない想いを手放すこともできず、君の声を、笑顔を、何度も何度も思い浮かべながら、いつだって君を恋しく思う。

その時、ふわりと柔らかい風が頬を掠め、辺りの木々から葉が揺れる音がした。顔を上げると、満月が美しく輝いている。月に向かって手をかざすと、まるでこのまま吸い込まれてしまいそうな気がする。

「不思議だな。こんなにも苦しいのに……月を綺麗だと思えるんだからな」

ポツリと呟いた声は、静寂《せいじゃく》の森に消えていった。それが余計に、自分がこの場に1人なのだと明確にするようだった。

孤独は、自分の隠した弱さを暴かれるようで苦手だ。だが、今ここには私とラシェルだけだ。そう思えば、孤独も悪くない気がする。

私は墓の隣に並ぶように、地べたに腰を下ろした。普段は絶対にしないであろう行動だ。だが、見ている者など誰もいないのだから、気にする必要はない。

目線を隣に向けると、私の供えた花束が月明かりで照らされている。サーッと強い風が通り抜ける。外套が捲《めく》れて視界が遮《さえぎ》られた瞬間。私と同じように地べたに座り、微笑むラシェルの姿が見えた。

「ラシェル……？」

思わず手を伸ばしながら瞬きをすると、幻影は一瞬で消えた。

――幻、か。……そうだ、ラシェルがここにいるはずがない。

だが、膝を抱えるように座りながら、目を細めて微笑むラシェルの幻覚であれば、いくらでも見たいと思った。

そう思いながら、深くため息を吐いた。そして、もう一度深呼吸をして、再度隣を見遣る。

そこには先程と何ら変わらず、百合の花束が置かれていた。

思わず苦笑しながら、冷たい白大理石に指を這わせた。

「……ラシェル、君に伝えたいことが沢山あるんだ。まず、何から話そうか。時間なら沢山ある」

――ラシェル、君は今日も笑っているか？　……幸せでいてくれたらいい。私の隣でなくとも。

明日、もし晴れたら、書いた手紙を木箱に入れて、彼女の元へ送ろう。

暗い内容でも、晴れている日であれば、顔を上げれば青空が広がる。青空は、きっと沈んだ心を慰めてくれるはずだ。

実際に見ることは叶わなくても、それでも、彼女が悲しむ姿は想像もしたくない。

「こんなにも夜空が綺麗なんだ。……きっと明日は晴れるだろうな」

手紙を読む間だけは、私のことを思い出して、懐かしんでくれるだろうか。

夜空に瞬く星を眺めていると、ひとつ星が流れた。星に願いごとをするような年でもないが、願うのであれば、君の幸せがいい。

どうか、いつまでも幸せに笑っていてくれたらと、そう願わずにはいられない。

◆◇◆◇◆

殿下からの手紙を、読み終えた。手紙を握りしめたまま、涙が溢れた。

何の涙なのか、悲しいのか、それとも真実を知ることができた安堵なのか。理由は分からない。

もしかするとこの涙は、どこまでも私のことを心配し、思い遣ってくれる、殿下の優しい人柄が、手紙の文章から伝わってきたからなのかもしれない。

「ラシェル、大丈夫か」

背中を摩《さす》ってくれたルイ様の温かい気遣いに、乱れた呼吸が徐々に落ち着きを取り戻し、涙もやがて止まった。

「ルイ様……。はい……申し訳ありません。泣くつもりなどなかったのに」

「無理もない。……色んなことを一気に知って、頭がこんがらがるだろう。整理をするのに時間がかかるだろう。……部屋に戻ろうか」

「ありがとうございます。ですが、私は大丈夫です」

私の顔を覗き込んだルイ様の瞳は、僅かに揺れている。随分と心配をかけているのだろう。

ルイ様の腕に手をそっと添えて、微笑みながら頷く。

「もちろん驚きは強いですが、オルタ国の思惑はバンクス夫人から聞いていたので……ある意味納得したというか」

殿下からの手紙には、私の死の真相についての詳細が書かれていた。犯人はオルタ国王妃、ミネルヴァ様だった。そしてその裏には、オルタ国とデュトワ国にまつわる根深い問題が関わっていた。

——以前、イサーク殿下が言っていた……オルタこそが正統な血筋であり、デュトワ国は略奪者であると、恨みを抱く者も少なくないと。

オルタ国王に手を貸していた者たちは、そのように考えてデュトワを恨んでいた可能性がある。となると、オルタ国王とバンクス夫人、ミネルヴァ様の愛憎だけでなく、歴史的な問題が表面化した結果なのかもしれない。

「……デュトワ国とオルタ国、両国が本当の意味で手を携《たずさ》えることができなければ、解決しない問題なのだと思います。……前の世界では、私はその辺りを全く理解できていませんでした。けれど、この世界の未来は変えていけると思うのです」

「ラシェル……」

「未来を変えていくために、あの時の痛みも恐怖も、無駄《むだ》ではなかったのかもしれない。そう思います」

あの森で襲われた瞬間。剣の響く音、血の臭《にお》い、サラの叫び声。そして、剣で突かれた胸の焼けるような痛み。今でも悪夢のように、鮮明に思い出す時がある。

あの恐怖を忘れることは、この先一生ないだろう。

「……あの時に殺されたのは、私だけではない。だから、サラたちのためにも無駄にはしたくない」

ポツリと呟いた声は、独り言のように消えていった。

その時、力強い腕が私の体をギュッと抱きしめた。

「ルイ……様？」

「……私は無理だ」

喉の奥から搾《しぼ》り出すようなルイ様の声が、耳に届いた。

「私は全く納得していない。なぜラシェルが巻き込まれなければならなかったんだ」

——私のために、こんなにも胸を痛めてくれるなんて。

喜ぶことではないのに、ルイ様が私のために怒ってくれている。そのことが、胸を温かくする。私の後悔も恐怖もやるせなさも、全てが昇華《しょうか》されていく気がする。

「ルイ様、私を想ってルイ様が怒ってくださる、それだけで十分です。いいえ、むしろ私にとって過ぎたことですから」

「君は何で……」

抱きしめていた腕が緩むと、ルイ様は私の頬を両手で包み込んだ。ルイ様は、憤りとも悔しさともとれる表情で顔を歪めた。

「ラシェルが過去を許そうとも、私はミネルヴァを許すことはない。もう1人の私もまた同じ思いだろう。世界は違えどあの蛇のような女だけは許さない」

「それは私も同じです。闇の精霊王が助けてくださらなければ、ルイ様が命を落としていたかもしれませんもの」

「……同じ気持ち、か。そうだな」

私の言葉に、強張っていたルイ様の顔が僅かに緩んだ。

「ラシェル、一緒に戦ってくれるか？」

「もちろんです。私はいつだってルイ様と共に」

自分の両腕をルイ様の背中へと回す。いつだって大きく頼もしい背中は、優しさと温もりに溢れている。

私はルイ様とだったら、どこまでも強くなっていける気がする。守るものが増えた分、大切なものが増えた分、何度でも立ち上がり、立ち向かうことができるのだから。

6章　共に創る未来へ

ラシェルを部屋まで送り、私は自室へと戻った。

1人になると、ラシェルと話すことでようやく収めた怒りが、また沸々と蘇ってくる。

──あぁ、どうしても考えてしまう。……もう1人の自分からの手紙の内容を。

つい先日まで、私がいた世界でもある。自分が追っていた事件の真相が、ついに明かされたのだ。落ち着いてなどいられるはずがない。

本来ならば、ラシェルを死に追いやったミネルヴァを、自分の手で直接葬りたかった。だが、向こうの世界のテオドールが言っていた通り、それは私のすることではない。

向こうには向こうの、彼らの世界がある。きっと、ラシェルの影響を受けて変わったもう1人の私であれば、しっかりと後始末をしてくれるだろう。

──それに私にも、自分の世界でしなければいけないことがある。

バンクス夫人やオルタ国王が、どこまでデュトワの機密事項に触れたのか。そして、ヒギンズ前侯爵やその関係者の違法行為について明らかにすること。

何より、この世界のミネルヴァ・オルタという危険人物を排除することだ。

オルタ国に滞在するタイムリミットはあと数日。それまでに、これらの問題を解決する目処《めど》を立てなければならない。

ソファーに体を沈み込ませて、深いため息を吐く。

その時、ガチャッと扉が勢いよく開き、大きな音に私の体はビクッと跳ねた。

「おい、ルイ！」

突然の物音で心拍が速くなるのを抑えながら、振り返る。すると、そこには案の定、テオドールの姿があった。

「はぁ……テオドール。何度も言うが、ノックはしろ」

「悪いが、それどころじゃないって」

「いや、どんなに急いでいてもノックはするべきだろ」

眉間に皺を寄せて苦言を呈する私の言葉など、耳に入っていない様子のテオドールは、部屋に入るなり、数十枚にわたる大量の紙の束をテーブルに勢いよく置いた。

「これを。バンクス夫人の証言と、そのほかの証拠を集めてきた」

あまりに真剣な表情のテオドールに圧倒されつつ、紙の束へと手を伸ばす。文字を追うため、忙《せわ》しなく左右へと視線を滑らせる。沈黙が続く中、パラパラとページを捲る音だけがいやに響いた。

最後まで目を通したあと、紙の束をトントンと整えて、テーブルの中央に置く。私の反応を確認するように、テオドールの真剣な眼差しがこちらを捉えている。

「……今すぐリカルド殿下と会う必要があるな」

私の言葉に、テオドールはニヤリと口角を上げげた。

「そうだろうと思って、この部屋に来るように伝えてある」

「さすがだな」

私の反応やその後の行動までを読み、用意周到なテオドールに、私も同じように笑みを作った。

◆◇◆◇◆

辺りは暗くなり、夜8時を回った頃、リカルド殿下が訪ねてきた。

先程私が目を通した時と同様に、リカルド殿下は一心に書類を読み込んでいる。最後のページまで目を走らせた殿下は、暗い表情で俯いた。

「これをどこで？」

「優秀な部下たちが集めてくれました。リカルド殿下はこの事実をご存知でしたか」

「……いえ、まさか」

顔を上げたリカルド殿下は、眼光鋭く眉間に皺を寄せた。

「信じられませんか」

「正直、驚いています。母がここまでしていたことに。こんな……何人もの女性を手にかけていたとは」

テオドールが集めてきた証拠とは、ミネルヴァ・オルタの隠された数々の悪事だった。短期間でまとめ上げたものだから、本当であれば、内密に処理された事件はこれ以上に多々あったのだろう。

「オルタ国王妃、ミネルヴァ・オルタと生家の公爵家は、自分たちの邪魔になる政敵やオルタ国王と関わった女性たちを、秘密裏に暗殺もしくは薬漬けにしていた。もちろん、それに関わった者たちも、口外《こうがい》しないように処理された」

「どのように、この証拠を集めたのですか？」

「貧民街や寂れた飲み屋、娼館《しょうかん》、修道院、孤児院。こいつらの悪事を見ていた者は1人2人じゃない。恋人や身内、友人を亡くした者たちの中には、証拠をずっと持ち続けて、いつの日か復讐できる時を待っていた人が多くいた」

テオドールの言葉に、リカルド殿下は力なく笑った。

「なるほど。今が撃ち落とすチャンスだったのでしょうね。ファウストのことで、薬物関係が明らかになりましたから。母上や公爵家が関わっている噂は、あっという間に広がった。いくら力のある公爵家であろうと、噂を全て消すことはできなかった」

「ええ、今まででであれば、ひっそりと消されていた証拠でしょう。声を上げることも叶わず、大勢の人が亡くなっていった」

だが、状況は一瞬の油断でひっくり返るものだ。

ミネルヴァが私を襲うという短絡的な行動をとったのも、これまで彼女が望んだことの全てを両親が叶えてきたからだろう。どんな相手であろうと、邪魔者は簡単に消すことができると思っているのかもしれないし、実際に消していたのだろう。

そう思うと、ファウストは随分とミネルヴァによく似ている。きっとミネルヴァは、自分が育てられたのと同じように、ファウストを育てたのかもしれない。

「嫉妬深く欲張り。目的のためならば何でもする。そんな人間、貴族社会では珍しくありません。……この証拠はお譲りします。どう使うのもあなたの自由です」

リカルド殿下の手にある書類を目線で指すと、殿下は驚きで瞠目した。

「私がこれを隠蔽《いんぺい》すると思いませんか」

「……隠蔽するのであれば、それがオルタ国の意思だと思うまでです」

そうは言ったが、殿下が隠蔽するとは一切思っていない。そのような人物であるなら、自国の秘密を私に打ち明けるはずがない。

リカルド殿下だからこそ、この証拠を私の手で公にするのではなく、託すのだ。彼ならばもっとうまく使うだろうと信じられるから。

「信頼してくださるのですね」

「同盟相手は、信用できる人でなければ。そのためには、あなたが王になるしかない。覚悟はできていますか」

リカルド殿下の瞳の動きを確認しようと、じっと見つめる。彼は私の視線を真正面から受け、一切逸らすことなく、力強く頷いた。

「もちろんです。そのためにあなた方に沢山のご迷惑をおかけしているのです。この借りは何十年かかろうが、未来で返していきます」

「期待しています」

手を差し出すと、リカルド殿下は迷わず私の手を取り、固く握手を交わした。

——きっと、これから両国の関係は大きく変わるだろう。私とリカルド殿下がそうなるように尽力《じんりょく》していくのだから。

その時、私たちの様子を見守っていたテオドールが、部屋に備えつけられていたワインセラーから1本の赤ワインを取り出して掲げた。

「どうですか？　一杯ご一緒に」

リカルド殿下は目を細めて微笑んだ。だが、ため息を吐きながら首を左右に振った。

「いいですね。ぜひそうしたいのは山々です。……ですが、早急に動かねばならないものですから」

「そうですか」

「全てが片付き、私が国の代表としてデュトワ国に伺う際には、ぜひご一緒にとっておきの酒を開けましょう」

「それは、次に我が国に来られる時は、国王になっているという意味ですね」

「はい、もちろんです」

肩を竦めながらサッと立ち上がったリカルド殿下を見送るため、私も扉の前へと移動する。

すると、ドアノブに手をかけたリカルド殿下が決意に満ちた表情で振り返った。

「王太子殿下、今回のことで母上は離宮に幽閉《ゆうへい》、もしくは離縁されるでしょう。……それ以上のことをお望みであれば、尽力しましょう」

「実家の後ろ盾をなくし、すり寄ってきては甘い言葉をかけてくれる取り巻きもいなくなる。絢爛豪華《けんらんごうか》な生活を二度と送ることなく、落ちぶれていくのは目に見えています。直接私が手を加えなくても、落ちていくのですから。それに、私は全てをあなたに託しました。どうぞ、ご自分で決着をつけてください」

「……ありがとうございます」

リカルド殿下はドアノブから手を離すと、私へ深く頭を下げた。

――彼がいる限り、きっとオルタ国は真っ当に再生していくだろう。その未来を作る覚悟が、リカルド殿下には間違いなくあるのだから。

バタン、と扉が閉まるのを見届けると、テオドールが私の前に赤ワインの瓶とワイングラスを差し出した。

「お前は飲むだろ?」

ニヤリと口角を上げるテオドールに、同じように笑みを返す。

「あぁ、そうだな。とことん付き合えよ」

私の言葉に満足したように、テオドールは器用にワインオープナーを使い、コルクを開けた。

その瞬間、芳醇《ほうじゅん》な香りが鼻をくすぐる。

テオドールが瓶を傾けると、丸いボウル部分の縁《ふち》を伝って、深い赤色のワインが注がれる。

3分の1まで注がれたワイングラスの細い脚を、顔の前へと持ち上げる。すると、同じようにグラスを掲げたテオドールと視線が合う。

「テオドール、何に乾杯する?」

「ははっ、そんなのもちろん、輝かしい未来に！　だろ」

役者のように大袈裟《おおげさ》にグラスを突き上げて、ワインを呷るテオドールに、私は思わず吹き出しながら、同じようにグラスへと口をつけた。

◆◇◆◇◆

――どうしてこんなことに。

オルタ国の王妃として、私は精一杯務めてきた。それを、この私を、ここまでコケにするだなんて！

いつものように手にしたナイフで、夕食のステーキ肉をブスブスと刺す。幼い頃からマナーが美しいと言われ続けた私の姿は、今はない。

本来ならば、今日も沢山の使用人が見守る中、広々とした食堂で、シャンデリアに照らされながらディナーをしていたはずだった。

だというのに、なぜ私は自室の小さなテーブルで食事をしなければならないのか。

苛立ちが収まらず、テーブルに置かれたワイングラスを壁へと投げつける。すると、グラスは割れ、中に入っていた赤ワインが壁を染めた。

おそらくライトが点《つ》いている状態であれば、真っ白な壁を染める赤が見えるのだろう。だが今いるこの部屋は、辛うじてものの場所が分かる程度の月明かりしかない。故に私の目には、黒の濃淡しか判断がつかない。

そんなことよりも重要なのは、今のグラスの割れた音に、誰からも反応がないということだった。

「なぜ誰も来ないのよ！」

私は王妃なのよ。この国の女性の中で一番敬われ、大事にされる存在なのに。

前菜、スープ、メインディッシュ、デザートの全てをワゴンに載《の》せてやってきた給士係は、気まずそうな顔で、その全てをテーブルに並べると、そそくさと部屋を出ていってしまった。

夕方に準備されたようで、ディナーの時間にはすっかり食事は冷めてしまっていた。それだけでなく、カーテンを閉めに来る者も、部屋のライトを点けに来る者さえいない。

こんなぞんざいな扱いをされたのは、生まれて初めてだ。テーブルに置いた手が屈辱で震える。

一口も手をつけていない皿を怒りのまま腕で振り払い、床へとぶちまける。ガシャンッガシャンッと部屋中に大きな音が響き渡る。だが、いくらものに当たろうとも怒りは収まらないばかりか、さらに増していく。

「なぜ、なぜ、なぜ！」

勢いよく立ち上がった拍子に、座っていた椅子がバタンッと横に倒れた。

おかしい、何かがおかしい。

最近顔を合わせた知人、商人、使用人……誰もが、以前と対応が異なった。私を避けてよそよそしい態度をとる。まるで、誰かの顔色を窺うように。私より、その誰かの機嫌を取るほうがよっぽど大事だというように。

その変化はおそらく、ファウストが違法薬物を使っていると噂された日からだ。

あの日、私も報告は受けた。だが、すぐに実家の公爵家に連絡を取ると、実家のほうで後処理はするから、すぐに噂は消えるだろうとの返事が来た。だというのに、なぜか噂は消えるどころか、さらに燃え広がって、実家にまで飛び火しているようだった。

「誰がファウストに薬を与えたのよ……」

元々私の生家は、優秀な魔術師や学者を何人も輩出している家で、国内外の薬物は全て我が家に集まる。一瞬で人を死に至らしめるものから、じわじわと弱らせるもの。廃人《はいじん》にするもの。我が家で扱えない薬はない。

人の生死を操り、恐怖を与える。表だけでなく裏界隈《かいわい》をも牛耳る公爵家にとって、とても便利な代物《しろもの》だ。だが、使い方次第で身を滅ぼすことは十分に知っていた。ファウストは繊細なところがあるから、あの子にだけは一切使わせず、与えることもしなかったというのに。

生まれてからこの方、目を離さず、綺麗なものを見せ続けた。自分がこの国の王になるという将来を常に教え、行先をしっかりと指し示してきた。それでうまくいっていたはずだった。

それなのに、勝手に自我を出して、私の言うことを聞かなくなったファウスト。あの子がちゃんと言うことを聞いてさえくれれば、こんなにも苦労しなかった。

これまでも予想外なことだってあったけど、次の手を考えるから大人しくしているように伝えたはずなのに……。それなのに……。

静かな部屋で、カリッカリッと爪を噛む音だけが、いやに響く。

――いつから私の計画が狂ったのよ。今まで望むものは全て手に入れてきた。私の計画は全て完璧だったはずなのに……。

リカルドが力をつけてきて、ファウストの立場は弱くなっていた。けれど、それを上回る力をファウストは持っていた。実家の公爵家を筆頭に、国内の有力貴族たちの支持という圧倒的な力が、ファウストに味方していた。

これも全ては、あいつらが来てから……。デュトワ国王太子と闇の聖女とか呼ばれる女が、来てから。そこから全てがうまくいかなくなった。リカルドがまるで既に王太子に選ばれたかのように、大きな顔をし始めた。

ファウストの支持者が減り、私はこんな場所に閉じ込められる目に遭っている。全部は、あいつらのせいで。

「随分と酷い荒れようですね」

物音もせず急に聞こえてきた声に、慌てて振り返る。すると、扉に背を預けるようにして立つリカルドの姿があった。

リカルドは、手にしたライトを点けた。すると、薄暗かった部屋がオレンジ色の淡い光に照らされ、部屋の様子が先程までよりハッキリとする。

部屋を見渡して、リカルドはクスッと面白そうに微笑んだ。

「しかも、こんなに薄暗い部屋で食事とは……。あれ、母上は床にぶちまけた食事を召し上がる趣味でも？　変わった食べ方ですね」

「リカルド……私の部屋に入っていいと許可した覚えはないわ」

「えぇ、母上の許可は必要ありませんから」

——何ですって？

私の言葉など興味がないとでもいいたげに、リカルドはため息を吐いた。

「勝手に入ってきて、ふざけてるの？」

「もうすぐここは、あなたの部屋ではなくなりますよ」

私の部屋ではなくなる？　どういう意味？

リカルドの言葉に、眉を寄せる。すると、リカルドはこちらへと歩いてくると、私の数歩前で足を止めた。

「あなたはもうすぐ、王妃という立場も失いますからね。この部屋の主ではいられなくなるのですよ」

「……何を言うかと思ったら、冗談でももう少しまともなことを言ったらどうかしら」

「冗談ですか。私が母上に軽口を叩くタイプだとでもお思いで？」

「あり得ない。そんなくだらない話、聞いていられないわ。今すぐにここを立ち去ってちょうだい」

額に手を当てて息を吐く。ただでさえ苛ついているというのに、これ以上この子を見ていると、それだけで頭がズキズキと痛くなる。

「ちなみに、もちろんファウストの王位継承権も剥奪《はくだつ》しますから」

「……あ、なた……何です、って」

冷静な声で言ったリカルドに、顔を上げると、冷めた目でこちらを見るリカルドの視線と私の視線が重なった。

その瞬間、カッと怒りで頭が沸騰《ふっとう》した。

「あんたが生まれてから、私の完璧だった人生が狂ったのよ！　この疫病神！」

「あなたの人生なんて、元々狂っているではありませんか。私のせいにしないでいただきたい」

あなたのせいじゃないというなら、誰のせいなのよ。公爵令嬢として生まれ、何不自由なく完璧に整えられた黄金の道を辿った私の、初めての汚点《おてん》。それが、リカルドが生まれたことだった。

この国において、双子は忌《い》み嫌われる。双子の下の子は一家を苦しめる存在だと言われ、それを産んだ母親もまた欠陥品と非難されるのだ。

私の不幸の始まりは、全てはリカルドの存在だった。まだ存命だった王太后《おうたいごう》も双子を産んだ私を、お前のような者を妃として迎え入れなければ、と酷く罵《ののし》った。

『王族に双子が生まれるなんて。悪魔の子を産むなんて。……本当に息子の子供なのかしら。あなたのことだから、不義の子ではないの？』

王太后が死ぬまで、ずっとずっと私は、言葉のナイフで刺され続けてきた。

完璧な私が、再び完璧であるために、望まれた第一子の男児であるファウストに、王冠を被せなければならない。間違っても忌み子であるリカルドに国を乗っ取られるわけにはいかなかった。

「……私の完璧な人生を、あなたがメチャクチャにしたの！」

「そんなにも立場を守ることが大事ですか？　人を陥れ、苦しめ、殺《あや》めてまでも？」

「あんたに何が分かるのよ！」

「分からないから聞いているのですが。夫から憎悪され、子育てに失敗し、人殺しさえ厭《いと》わない。そんな人間の何を理解すればいいのですか？」

私をバカにするように、薄寒い笑みを浮かべたリカルドに、思わず唇を噛む。

――なぜ私がこの子にバカにされなければならないの。私の人生に口を出そうとするの？

邪魔をした張本人が？

腹の奥底から沸々と苛立ちが湧き出る。

「……本当にあなたが私の子供だなんて、ゾッとするわ。忌み子のくせに」

私の呟きに、リカルドは何が面白いのか笑みを深めた。

「何よ、気味が悪い」

「私があなたに感謝していることなんて、生かしておいてくれたことだけですかね。……まぁ、何度も殺されかけたのですが。おかげで毒への耐性《たいせい》はつきましたよ」

あぁ、そうだ。私はリカルドが幼い頃から、何度も実家を頼って、食事に毒を混ぜた。当時のリカルドはまだ何の力も後ろ盾もなく、簡単に消せる命だった。

私が産んだ悪魔なのだから、私が処理しなければ。そう思っていたのに……。リカルドは、死の淵《ふち》から何度も蘇ってきた。死神に愛されているのではないかと思うほど。

最初のうちは、毒を盛ることに躊躇《ためら》いと罪悪感を抱いた私だったが、その気味の悪さに、徐々に自分の行動を肯定していった。

この子を生かしておくのは危険だと、頭の中で警告音が何度も鳴り響いた。だが、どんな毒を盛ろうが、どんなに寝込もうが、リカルドは数日から数カ月後には、以前と同じように微笑みを浮かべながら私の前へと出てきた。

――リカルドを前にすると、常に寒気のする恐怖を感じる。得体の知れない者を前にしているように。

「あぁ、でもファウストは駄目ですね。ファウストは毒にも麻薬にも一切耐性がなかったようですね。だから、あんな茶葉や麻薬程度でおかしくなってしまうのですよ」

「あの子がそんな耐性あるわけないでしょう！」

「そうですよね。ファウストには、毒を一切盛らずに育てたのですからね。おかげで、今になって麻薬中毒になってしまって、可哀想ですよね」

にっこりと微笑むリカルドは、言葉とは裏腹に、可哀想だなんて一欠片も思っていない表情をしている。

「それが兄に対しての言葉なの。なんて酷い」

「酷い？　ふっ、ははっ……酷いだって？　それをあなたが？」

私の言葉に、リカルドは目を見開いたあと、お腹を抱えて笑い始めた。

「な、何なのよ」

異様な姿に動揺する私に、リカルドは一瞬で笑みを消した。その表情の変化にゾクッと背筋が凍《こお》る。

「そんな、どの口が酷いなんて言えるのですか。自分が産んだ子供に対して、悪魔だの生まれてこなければよかっただの、顔を見せるなだの言っておいて。……あぁ、さっきは疫病神とも言っていましたね」

「だから何だと言うの」

「……どんなに飾ったところで、あなたの発言は、内面と一緒で醜《みにく》いですよね」

一歩前に出て、私の耳に顔を寄せたリカルドは、そう耳元で囁いた。

「この私に、何と言ったの？」

全身が硬直したように、ピシリと動かない。私の耳が正常であったのなら、今、この私にとんでもない暴言を吐いたの？　この国で最も尊《とうと》ばれる存在である私に？

信じられないものを見るように、呆然としながらリカルドへと視線を向けると、リカルドは悪びれる様子もなく飄々と口角を上げた。

「醜いと言いましたが……。何か？」

――醜い……ですって？　この私が？

「どうしたらそんな悪魔に育つのよ！」

「……大丈夫です。あなたに育てられたわけではないですから。でも、私にしてみれば、あなたのほうがよっぽど悪魔ですけどね」

「私が悪魔？　何を……ヒッ」

私の呟きを最後に部屋が静寂に包まれた瞬間、窓の外で空一面がピカッと光った。直後、大きな雷鳴《らいめい》が鳴り響いた。

稲妻《いなづま》が走り、光ではっきりと顔が見えたその一瞬、リカルドは恐ろしいほどの怒りに染まった表情になった。

「一体、何人殺したんだよ」

怒気《どき》を含んだ重く低い声に、身震いがする。

先程の雷《かみなり》を境に、窓の外から土砂《どしゃ》降《ぶ》りの雨音が聞こえてくる。遠くから、再び雷の落ちる音がする。だが、私の意識は目の前の、酷く冷めた視線を寄越すリカルドに集中していた。

こんなことで弱味を見せるわけにはいかない。震える足で踏ん張りながら、私は引き攣る頬を緩めた。

「殺した？　私が誰かを殺すはずないじゃない。そんな恐ろしいこと……」

「えぇ、あなたが直接手を下さなくても、手足となる人間が沢山いますよね。弱味を握って脅迫して、手足とならざるを得なくなった者たちを駒として動かすだけでいい。面倒ごとは、あなたの実家が全て引き受けてくださるでしょうし」

「……私を脅しに来たの？　残念だったわね。もし、仮にあなたの言うことが本当だったとしても、誰も私を罰することなんてできない。私は、この国の王妃なのよ」

そう、いくらリカルドが喚こうが、揺るがない事実。それが私の存在だ。余裕を見せるように微笑んだ私に、リカルドはニヤリと笑った。

——笑った？　……何？

その笑みの不吉さに眉を顰める私を、バカにするように、リカルドは上から見下ろした。

「それが、できるんですよね」

「……何ですって？」

「その1、8年前にトルマ伯爵令嬢が心臓発作で急死。その2、12年前に父上付きの侍女が高熱を出して病死。その3、5年前にサハマースト子爵の姪《めい》が乗馬中に事故死。……彼女たちを覚えていますか？」

「は？　覚えているはずないでしょう」

「では、その4……アルヴァス侯爵夫人の薬物中毒死、その5……」

「やめて！　さっきから何なのよ！」

急に羅列《られつ》されていく名に、恐怖を覚える。

――なぜ、なぜリカルドがその名を知っているの。彼女たちを気にするような人たちは、今やこの国にはいないはずなのに。

蒼褪めた私の顔を観察するような、リカルドの視線が厳しく突き刺さる。

「亡くなった女性たちのほとんどが、父上と噂になっていたことはご存知ですか？」

追及する目線から逃《のが》れるように、思わず視線を逸らす。

「……知るはずがないじゃない」

「この国では、側妃も認められている。母上と父上は顔を合わせることさえ珍しいぐらい不仲なのに、父上が側妃を持たないのは不思議ですよね」

不思議ですって？　王妃の私がいるにもかかわらず、側妃を持つなんて許せるはずがない。

わなわなと震える私に、リカルドは全てを知っているかのように、ため息を吐いた。

「まぁ、実際はあなたが全て潰してきたのですが」

なぜ今になってリカルドがこんなことを言い始めたのか。

どこからか噂でも聞きつけて、私のことを調べ上げたに違いない。だが、そんなことを今更糾弾《きゅうだん》して何になるのだろうか。

「そう、そういうこと。……私を脅そうとしているのね」

「はっ、それこそおかしな話ですね。私はあなたを脅そうだなんて思ってもいませんよ。だって、この事実は変わりようがありませんし、すぐに白日《はくじつ》の下《もと》に晒《さら》されるのですから」

「白日の下に晒すですって。証拠もないのに」

リカルドの言う通り、確かに彼女たちの死に私が関わっているのは間違いない。あの女たちは皆、私の邪魔になる存在だった。だから消した。

だけど、それを証明するものも直接手を下した人物も、全てこの世に存在しないのだから。

それを知らないのかと、思わず笑みが漏れる口元を手で隠す。

きっとここまで言えば、私が白状するとでも思っているのだろう。だが、残念なことに私はそこまで考えなしではない。証拠がない限り、どんな悪事を働こうが、事実ではないも同然なのだから。

「証拠？　証拠なら沢山ありますよ」

「は？　あり得ない……証拠など」

何でもないことのように言うリカルドに、笑みを作った顔が固まる。

「そんなにも怖かったですか？　奪って手に入れた地位だからこそ、他の女も同じように奪いに来ると思ったのでしょうね」

私の気持ちを分かっているかのように言うリカルドに、カッと腹が立つ。国王に群がる女たちの多さに、私がどれほど悩まされたかも知らず。

必死に築いた立場を守らなければ、私の子供が次期王に選ばれるか分からなかった。――それほどに、あの男は執念深く私を冷遇してきたのだ。

姉と呼ぶのも憚《はばか》られる、あんな見窄《みすぼ》らしい女に執心して、公爵家のおかげで王家の威信を保てているにもかかわらず、私を陥れるためだけに何度も側妃を立てようと画策したあの男。

私がどれほどの思いで、この立場を守り抜いたのか。それを知らずに、奪うなんて許せるはずがない。

そんな身のほど知らずの女たちなんて、命を落としても仕方がないだろう。

「ちなみに、亡くなった父上付きの侍女には、幼い頃から結婚を約束していた幼馴染がいたようです。その婚約者はこの12年、ずっと復讐を誓って生きていたそうですよ。密《ひそ》かに証拠を集めて、あなたが力を弱める時をずっとずっと狙っていた」

あの侍女のことはよく覚えている。元々は王宮で針子《はりこ》をしていた者にもかかわらず、少し頭がいいからと、陛下が面白半分に側に置いていた女だ。自分は陛下の侍女だと、私の命令を一切聞かない傲慢な女だった。

陛下に媚《こ》びるような態度と視線がとにかく気に食わなかった。そんな女に婚約者？

「そんなはずは……だって、あの女はいつも陛下に媚《こび》を売って……」

おかしい。そんな婚約者がいたのなら、とっくの昔に口封じで始末していたはずだ。それなのに、その存在も知らなかったなんて……。

なぜ、どうして、と呟く私を無視するように、リカルドは口を開いた。

「父上には先程、あなたがこれまでにした数々の悪事の証拠を提出しておきました」

「だとしても、あの人に何ができるっていうの？　この王家は私のおかげで力を取り戻せたの。私の実家という後ろ盾がなければ、威信も財力も底をついたままだった。それを私が！」

「あなたの実家は、もうじき力を弱めるでしょうね。ダイヤモンド鉱山を先代が手に入れたのも、所有者を陥れて奪ったに過ぎない。違法薬物や毒薬を栽培する裏稼業も手広く行っていたようですから」

「公爵家の力がなければ、この国は崩壊するわ」

そう。この国は、我が生家こそが影の支配者だ。我が家の財力なくして成り立つはずがない。それがなければ、他国に唯一誇れる魔塔さえも管理できないだろう。

その財力があるからこそ、いくら陛下が私を嫌って憎もうとも手放すことはできなかったのだから。そして、我が生家がこの国を本当の意味で手に入れるには、ファウストが王にならなければいけなかった。

それを……全て邪魔したのだ。リカルドが。

憎々しげに睨む私の視線を受け止めたリカルドは、視線を逸らすことなくこちらを真っ直ぐに見た。

「閉鎖的なこの国が、なぜここまで豊かで発展した国になれたと思っているの？　結局は、我が公爵家の力に他ならないわ」

「いいえ。その閉鎖性により、オルタ国はゆっくりと腐敗していったのです。……崩壊させていったのはあなた方です」

「何を偉そうに」

「私は、デュトワ国と共に歩む未来を作ります」

デュトワ国と歩む……ですって。正統性を理解していないあんな国と？

確かに闇の聖女が誕生したのは、予想外だった。けれど、元はといえば、正当な血筋も闇の精霊も我がオルタのものだった。それを、デュトワ国に頼るですって。

そんな恥知らずな真似をする？

「……何ですって？　あんな裏切り者の国を頼るですって？　……やっぱりあなたは、生まれてくるべきじゃなかった。この国を壊すために生まれた悪魔なのよ！」

苛立ちをぶちまけるように大声で罵ったところで、リカルドは全く意に介さない様子だ。

「ある意味、間違ってないですね。私はこの国を作り直します。……もっとまともな国に」

「まとも、まともって……そんなことが本当に大事だと思っているのであれば、愚者でしかないわ！　善人ぶったところで、騙されて奪われるしかないじゃない！」

「善人でも悪人でも、母上にどう見られようがどうでもいいです。あぁ、それに国の未来を心配なさらなくても大丈夫です。母上にはこの国を心配する必要も、見守る必要もないんですから。よかったですね」

「何を企《たくら》んでいるの」

「企むだなんて心外ですね。私は、取捨選択しているだけです。不必要なものは処分すべきでしょう？」

「……それが私だというの」

「そのうち、皆忘れ去ることでしょう。誰からも必要とされない元王妃として、敬われることもなく、尊重されることもなく、身辺の世話をする者もおらず、話し相手さえいない。その美しい髪の毛もボサボサになって、真っ白な手もあかぎれだらけになるのでしょうね」

淡々としたリカルドの言葉に、思わず手で自分の髪、腕、顔を触る。これを失うと想像するだけで恐ろしくなる。

「運よく離縁だけで済んで、どこか遠くの地に幽閉されたとしても、恨みを抱いた大勢の者たちから命を狙われる日々に怯えるのですかね。娘を失った両親、恋人を殺された傭兵《ようへい》、姉を陥れられた恨みであなたに近づいた令嬢もいましたね。……彼らは皆、あなたを自分の手で殺したいと思うほど、恨んでいるのですよ」

「誰……誰のことを言っているの……」

「覚えがありすぎて分からないでしょうね。あなたが落ちぶれるのを今か今かと待ち望んでいる人が、この瞬間にもあなたの側にいるのですから。死者の声は消せても、生きた者の声は消せない。人の恨みとは恐ろしいものですよね」

何の感情もない声で告げられた言葉に、ゾクッと体が震え、ストンと膝が崩れる。

――嘘でしょう……そんなはずはない。私が……この私が美しさを失い、地位を失い、恐怖に怯える日々を送るですって……。

「そ、そんな……そんな、こと……できるはず、が……」

「どうぞ、惨めに人生を終えていってください」

リカルドが、私とよく似た色彩を持つ目を細めて微笑む。まるで死神の宣告を耳にした恐怖に、体が震える。

「母親である私のことをそこまで憎んでいたの……」

「都合のいい時だけ母親ですか。……母上は私を愛した瞬間が一度でもありましたか?」

馬鹿馬鹿しいとでも言うように髪を掻き上げたリカルドは、光のない瞳をこちらに向けながら、見下ろした。

私がリカルドを愛したかですって。ここで命乞《いのちご》いでもしろと言うのか。

「……何をバカげたことを」

床に落とした視線に、ポツポツと雫《しずく》が垂れる。手の甲で額を拭うと、冷や汗で濡れた。

「あぁ、よかった」

心底嬉しそうな声に、ハッと顔を上げる。すると、そこには眉を下げて頬を緩めるリカルドの笑みがあった。

「ありがとうございます、ここまで残酷になれる理由を作ってくれて。あなたがどうなろうと、後悔など1ミリも感じずに済みそうです」

リカルドは、「どう転んでも感じないでしょうけど」と後付けのように呟いた。

「まぁ、あなたのファウストへの異常な過保護も、愛とは呼べないでしょうけどね。本当に愛していたのなら、壊せるはずがない。……あいつは小心な愚か者だけど、幼い頃は誰よりも勇《ゆう》敢《かん》で正義感の強い奴だった。それを、あなたが壊したんだ」

「私は……私は、ファウストのために」

「あなたは誰かのために動くような人間じゃない。全部自分のためだ。自分のために、子供さえも犠牲にした」

「違う、違う……私はファウストを王にするために」

そう、私の人生は輝かしいものになるはずだった。ファウストがちゃんと王になれば。私の汚点を消して、間違いなくこの国の功績となるはずだった。

それを……それを……。リカルドが、闇の聖女が、デュトワの王太子が……。

「許さない許さない……私から奪うなど……」

自分の意思とは関係なく、ブツブツと声が漏れる。だが、リカルドは一切気に留めることなく、今日一番の綺麗な笑みを作って、私の顔を覗き込んだ。

「地獄に落ちても、一生償っていってくださいね」

「あっ……あ……」

まるで魔術でも使われたように、喉の奥が締まり、息苦しくなる。酸素を求めて必死に口を開けるが、過呼吸のように浅い呼吸しかできず、胸を掻き抱く。

そんな私の苦しむ姿にも興味がなさそうに、リカルドは踵《きびす》を返すと、背を向けてドアまで歩みを進めた。

——た、助けて……誰か、誰か助けて……。

声にならない声で必死にもがく。すると、ドアノブに手をかけたリカルドが、こちらを振り返った。

「あぁ、あなたと私の共通点が1つありましたね。自分にとって邪魔な人間を許さない。……あなたの言う通り、私も所詮《しょせん》は悪魔の子供なんですよ」

それは、私が見たリカルドの最後の姿になった。

美しい悪魔。それが私の息子だった。

◆◇◆◇◆

目まぐるしい日々だったオルタ国滞在も、ついに帰国の日を迎えた。

サラや騎士たちが荷物や馬車などの準備をしている間、私とルイ様はリカルド殿下やイサーク殿下に別れの挨拶と感謝の言葉を告げた。

彼らも別れを惜しんでくれ、朝から随分と話し込んでしまった。イサーク殿下からは、闇の聖女や歴史について新しく分かったことがあれば教えてほしいと、オルタ国の歴史書の写しをいただいた。

リカルド殿下は、オルタ国の王族のみが鍵を開けられる神殿へと、再度入室を許可してくれた。今度は、ルイ様も一緒に。

「ここが、ラシェルが前に話していた神殿か。本来なら私が入ってはいけない場所だな」

「リカルド殿下やイサーク殿下から、過去の歴史を明らかにしてほしいと託されました。特別な場所に入室を許可してくださったり、重要な文献を見せてくださったりと、本当に有難いことです」

「隠すことなど何もない、オルタ国はデュトワと共に歩むという、リカルド殿下なりのけじめなのだろうな」

「えぇ。これでようやく、本当の意味で、オルタ国とデュトワ国は手を携えることができるでしょうね」

改めてリカルド殿下とルイ様はとても似ていると思う。考え方や描く未来が。だからこそ、両者が同じ方向を向いている限り、関係はさらに深まっていくのだと思う。

きっと、オルタ国とデュトワ国は長い年月の間にできた冷たい氷のような溝を、あっという間に溶かしていくのだろう。

神殿内に入る直前に、お二人が真剣な表情で話し合っていた様子を思い出して、そう確信した。

「そういえば、リカルド殿下と話し込んでいたようでしたが、何かあったのですか？」

「いや、しばしの別れの挨拶だよ。それと、報告ってところ」

報告とは何だろう。不思議そうにする私に気づいたルイ様は、表情をやや固くしながら口を開いた。

「リカルド殿下は、バンクス伯爵が殺害された件で国王を追及したらしい。これを公にしない代わりに王座を譲り渡すことを迫ったそうだ」

「……国王陛下は、それを聞き入れたのですか？」

オルタ国王は王座に酷く固執し、後継者を決める素振りも一切ないと有名だった。ファウスト殿下とリカルド殿下が有力視されていた時も、もしかするとご子息ではなく他の縁者を選ぶのではと噂されたほどだ。

バンクス伯爵の件を出したとしても、そうあっさりと片付く問題なのだろうか。

「もちろん随分と揉めたらしい。どんなやり取りがあったのか詳細は分からないが、最終的には公爵家の権威を失墜させることを条件に、国王は納得したらしい」

「国王陛下の公爵家への恨みは強いものだったのですね」

「あぁ。自分の子供でもミネルヴァの息子だという理由で、王位を譲り渡したくない本心があったようだな」

自分の妻を憎み続けながら、逆らう術も力も持っていなかった国王陛下は、バンクス夫人に固執していたのか王位に固執していたのか。それとも、ミネルヴァ様への復讐心のみに心を絡め取られていたのか。

それは本人にしか分からない。それでも、互いに自分の欲を満たすために、沢山の罪なき人を巻き込んで国を混乱させた様子は、国王としても王妃としても相応しくない。

けれど、貴族社会にはそんな蛇のような人間たちが渦巻いていて、いつだって足の引っ張り合いに勤《いそ》しんでいる。それに巻き込まれずに立ち向かう強さこそ、私が目指す未来の形だ。

ルイ様やリカルド殿下のような人たちを側で支えながら、そんな未来を一緒に作っていければと願う。

「リカルド殿下であれば、きっと国を建て直すことができると思います」

「そうだな。……きっと」

柔らかい微笑みを浮かべたルイ様は、瞳を煌めかせて頷いた。

そして、私の腰を抱いて神殿内をゆっくり進んだ。その時々、以前イサーク殿下たちに説明されたように、並んでいる絵画について伝え聞いたことを話す。

すると、1つの絵の前でルイ様は歩みを止めた。

「この絵が噂の、闇の聖女の肖像だな。なるほど……確かにラシェルと似た雰囲気を持っている。……とはいえ、イサーク殿下の初恋だと聞くと何とも言えないが」

ルイ様はどこか複雑そうな表情で唸った。私が思わず笑みを漏らすと、ルイ様は一瞬ハッとした表情をしたあと、目を細めてくしゃっとした笑みを浮かべた。

「この絵、つい見惚れてしまう魅力がありますよね。イサーク殿下の初恋も頷けます」

「ねぇ、ラシェル」

「はい。どうかされました？」

絵画に見入っていた私を呼ぶ、ルイ様の優しい声に振り向いた。すると、唇に柔らかい温もりが重なる。

一瞬のうちに離れていったルイ様の唇を目で追いながら、自分の唇に手を添わせる。

「ル、ルイ様、いきなり……何ですか」

頬から火が出そうなほど赤くなる私に、ルイ様はとろけるような甘い微笑みを見せた。

「ラシェル、好きだよ」

ルイ様の瞳は私を捉え続け、ルイ様の甘い言葉はいつだって私を虜《とりこ》にする。ルイ様の蠱惑《こわく》的な微笑みは、刺激的な香りを含むような色気がある。

——ま、魔性《ましょう》すぎませんか！

それに比べ、私はいつまで経ってもルイ様の直球の言葉や態度に慣れずに、あたふたしてしまう。

「ラシェルへの気持ちは、伝えても伝えても足りないぐらいだ」

「あの……私も同じです。ルイ様のことを愛しています」

未だ顔を赤くしながら辿々《たどたど》しく伝える私に、ルイ様は嬉しそうに破顔した。私ばかりがいつだってルイ様に振り回され、心乱されている気がする。

でも、ほんのりと赤くなったルイ様の耳を見ると、私もルイ様の心を乱せているようで嬉しくなる。

ふふっと笑みを零す私に、ルイ様は眉を下げた。

「ラシェルが可愛すぎて困るな。マルセル侯爵家に帰したくなくなるよ」

「ここにいる間は、同じ場所で暮らしていたようなものですものね」

「ラシェル、帰ったらすぐに結婚式を挙げようか」

「ふふっ、すぐにですか？」

「冗談だと思ってる？　私は本気だよ。あと何年も待てないからね。うーん、だが準備も必要となると……最短半年か？」

考え込むルイ様は、「ドレスが」「侯爵が反対するのでは」と、真剣な表情で独り言のように呟いた。

そんなルイ様に、つい頬が緩むのを感じる。その時、足元に何かが触れるのを感じ、驚いて下を見た。

そこには、黒い尻尾を伸ばしながら足元をグルっと回るクロの姿があった。

『ニャー』

「あら、クロ。あなたも来たの？」

随分とご機嫌のようで、抱き上げて首元を撫でつけると、目を閉じながらゴロゴロと鳴き声を上げた。

「クロはこの部屋が気に入ったようだな」

『ニャ！』

「クロ、ご機嫌ね。何か気になるものがあるの？」

抱っこする腕の中でモゾモゾと体を動かすクロは、急にキョロキョロと辺りを見ながら何度も鳴き声を上げた。

何を気にしているのだろうと、周囲を見渡す。すると、先程まで眺めていた聖女の絵に違和感を覚えた。

「あら……これって……」

「ラシェル、どうかした？」

一歩絵画に近づき、違和感の元を探す。すると、闇の聖女の左手の辺りが、僅かにだがキラキラと小さな青い光を放っていた。

「あの……この絵」

「あぁ、聖女の。これがどうかした？」

「あっ、ここ！　さっきまでなかった文字が浮かび上がっています」

突如現れた光は、絵の上に文字を徐々に浮かび上がらせた。私の声に、ルイ様も同じように顔を近づけ、まじまじと見始めた。

「……うーん、読めないな」

「この文字は古代文字でしょうか？　何て書いてあるのでしょう？」

「せい……れ、お、じゃないな。少し違う。……ん、この文字は知らないな？　古代語の中でもかなり古い。これを読める専門家を探し出すだけでも苦労しそうだな」

書かれた文字は、デュトワ国のものでも、オルタ国のものでもない。学園で習った古代語とも少し形が違う。ルイ様が一文字一文字確認していくが、解読は難しそうだ。

「この文字がなぜ現れたのか、何の意味があるのか。不思議ですね」

『呼んだ？』

文字に気を取られていると、突然背後から聞こえた声に、ビクッと肩が跳ねる。

『ニャ！　ニャー！』

「ネル様！」

嬉しそうな声で鳴くクロを抱きしめながら後ろを振り返ると、ニコニコと楽しそうに笑うネル様の姿があった。

「闇の聖霊王様、ご無沙汰《ぶさた》しております」

『よっ！　王子様もラシェルも、元気そうで何より。お前らが帰っちゃってからつまんないから、またいつでも遊びに来いよ』

「ふふっ、ぜひ。……ところでネル様、急にどうされたのですか？」

『ほら、お前に王子様みたいなペンダントを渡すって約束しただろう？　それが出来上がったから渡しに来たんだよ。ほら、これ』

ネル様はアッと何かを思い出したように、何もなかった空間に手をかざす。すると、ネル様の手のひらに金色のペンダントが現れた。

促されて両手を出すと、チャリッと音を立てながら私の手へと移される。金属の冷たさを感じて視線を向けると、そこには雫型の魔石のペンダントトップに、ゴールドのチェーンが付いたペンダントがあった。

透明度の高い、深い紫色のアメジストに似た魔石は、角度を変えるとキラキラと輝いて見える。

「とても綺麗です。あの、ありがとうございます」

『これにラシェルが魔力を込めて念じたら、俺に繋がるようになっているから。それで俺が許可を出して、精霊の地に入る道を出してやれるってわけ。その道を通ってくれれば、精霊の地に入ってこられるから』

『ニャー！』

「本当にそんなことが可能なのですか……凄いです」

『まっ、俺は精霊王だからな』

えっへんと胸を張りながら満更でもない様子のネル様に、隣でペンダントを覗き込んだルイ様も、かなり驚いたようで言葉を失っている。

以前ネル様は、契約精霊と繋がるルイ様のペンダントを興味深く見ていた。同じようなものを私に作ってくれると言っていたが、本当にこんなに早く持ってきてくださるとは。

しかもネル様が許可を出せば、いつでも聖霊の地に出入りできるなんて。あまりの凄さに呆然とペンダントを見てしまう。

その時、肩にグッと重みを感じ、顔を上げた。そこには、私の肩を肘置きにしながら絵画をじっくりと観察するネル様の姿があった。

『で、この文字が読めないって？』

「はい。どうやら古代文字のようなのですが……」

ネル様は顎に手を当てながら目を細めて、『うーん』としばし考え込んだあと口を開いた。

『精霊国がひとつになる時、再び光と闇は合わさり、眠れる龍《りゅう》が目覚める……だってよ』

「眠れる龍？　今の言葉は、ここに書かれた古代文字ですか？」

すらすらと読み上げたネル様に私とルイ様は目を丸くした。そんな私たちをよそに、ネル様は嫌そうに顔を歪めた。

『げっ、まずいな。ドラゴンの話？　俺、あいつら嫌いなんだよ』

「ドラゴン？　……あの、ドラゴンとはどういうことですか？」

『あー、とりあえず精霊国ってのは、オルタとデュトワが同一だった時の、国の通名ってやつな。眠れる龍ってのは何だろうな。あー、もしかして……前の闇の聖女が封印していたやつか。その封印が、この部屋にデュトワの王族が入ったことで緩まったのかもな』

ネル様は首を捻りながら1人で納得しているようだ。だが、ネル様の言葉の3割も私は理解できず、戸惑いながら声に耳を傾ける。

――精霊国は通名……初めて聞く言葉だわ。それにしても、さっきネル様は何と言っていただろうか。確か……。

「精霊国がひとつになる時、再び光と闇は合わさり、眠れる龍が目覚める」

『あっ、その言葉をお前が読み上げると……』

言葉を復唱した私に、ネル様がまずいとでも言いたげに慌てた。

「えっ？」

「何だ、この光！」

絵画から放たれた強い光がチカチカと瞬《また》き、眩しさに思わず目を細め、眉間に皺が寄る。その光は私の左手首の辺りに輪を作り、青く光り輝きながら形を変えていく。

「バングル……いつの間に」

青い光は金色のバングルへと変化し、私の左手首に収まった。バングルには水の波紋《はもん》が描かれ、上下の枠《わく》にエメラルドが多数嵌め込まれている。

グッと力を込めて外そうとしても、バングルはびくともしない。

「……ルイ様、これ、困ったことに外れません」

「何だって。一体なぜ」

「これって……この聖女が腕にしているものと一緒ですよね」

「今、ラシェルが絵画に描かれた言葉を唱えたことが鍵になって現れたのか？」

ルイ様は不審そうに私の手を取り、バングルに触れる。

ネル様が読んだ時は何の反応もなかったのに、私が読み上げたら現れた。ということは、この絵の聖女がバングルをしているように、聖女が言葉を唱えることが鍵なのかもしれない。

『この絵で眠らせていたんだろうな。ラシェル、残念だがそのバングルは持ち主を定めてしまった。今のお前では外すことはできない』

深いため息を吐いたネル様が、お手上げとでも言いたげに両手を上げて肩を竦めた。

「ど、どうすれば……」

『とりあえず、起こした責任を取って育てるしかないな』

「育てる？　あの、何を……」

同情するように私の肩をポンッと叩くと、ネル様は何かを警戒するように、キョロキョロと辺りを見渡す。

『うわ、やべ。もう出てくるじゃん！　面倒くさいことが起きる前に、早めに退散しよっと』

「えっ、ネル様？　あの、出てくるとは？　何が出てくるのですか」

ベッと舌を出して顔を歪めたネル様は、右手を掲げて杖《つえ》を出現させた。トンッと杖で床を軽く突く。すると、ネル様の体がゆっくりと薄くなっていった。

「ネ、ネル様！　あの、まだ」

『一応アドバイスだけはしといてやるが、龍は粘着質な奴らだからな。気をつけろよ！』

慌てた様子で消えていくネル様を引き止めようと差し出した手が、虚しく空を切る。残ったのは疑問だけ。

「アドバイス……どういう意味なのでしょう？」

「さぁ。忙しなく帰ってしまったな」

「えぇ。まだお聞きしたいことが沢山あったのですが」

「だが、龍といえば、帝国が龍の子孫という話は有名だが……それと関係するのだろうか」

この大陸で一番力を持つ帝国。それがフィスノア帝国だ。その軍事力の大きさで国土を広げていった帝国は龍の子孫と言われており、並外れて強靭《きょうじん》な肉体は帝国民の強さの源《みなもと》だと言われている。

「確か帝国の始祖は金色の龍で、人間と龍の2つの姿を持つ龍人《りゅうじん》だと言われていますよね」

「あぁ。だからなのか気性が荒く好戦的で、力で全てをねじ伏せてきたそうだな。ドラゴンの住む山があり、帝国民はドラゴンと共に生きてきた。その昔は火を噴く巨大なドラゴンの背に乗り、自由に空を飛び回ったと聞く。だが、ドラゴンは戦争に使われて徐々に数を減らし、やがて絶滅したとも言われている」

「そんなドラゴンの話をなぜ急にネル様はされたのでしょうね。……精霊とドラゴンに関係があるとは思えませんが」

ルイ様と顔を見合わせて首を傾げる。同じ大陸といえど、デュトワ国とフィスノア帝国は北西と南東。接点はほとんどない。それに、国力が違いすぎる。下手に刺激して戦争に巻き込まれたりでもしたら堪ったものではない。

「このバングルをどう調べるか」

　バングルに再度手を添えたルイ様は、顔を上げると目を見開いてある1点を見つめ、ぴしりと時が止まったかのように固まった。

「ラシェル……そこ……肩に」

「えっ？　肩ですか？」

　ルイ様が指した私の左肩へと視線を向ける。確認した瞬間、私は驚きに息を飲んだ。

『キュー』

　そこには、未だかつて見たこともない存在がいた。真っ白な体を私の首から肩にかけて巻きつくように添わせたそれは、目を閉じたまま寝言《ねごと》のように鳴き声を上げた。

「えっ……これってまさか……ドラゴン？」

「見間違えでなければ、ドラゴン……だな。蛇であれば小さくとも手足はない……よな」

　30センチほどの小さな体をするすると滑らせるようにして、ドラゴンが私の首元に寄る。

　突如現れた異質な存在を警戒するように、抱いたままだったクロが、前足でちょんちょんとドラゴンの頭を小突《こづ》いた。

『ニャー』

『キュー』

クロに小突かれた刺激で、ドラゴンは嫌そうに頭を振った。だが、目を開けることなく、またスヤスヤと眠り始めた。

「か、かわいい！　この子、きっと子供ですよね。……わぁ、よく眠ってますね」

――な、何！　この可愛い生き物！　鳴きながら眠ってるなんて……。

小さなドラゴンを、クロが興味津々《しんしん》に大きな目で見つめている。その様子に思わずキュンと胸をときめかせていると、ルイ様は困ったように眉を下げた。

「確かに見た目はとても愛らしいが……本当にドラゴンであれば、子供だろうが強い力を持っているだろう。注意しなければいけないな」

「確かにそうですね。でも、この子は一体なぜ急に現れたのでしょう。きっとバングルが関係しているとは思うのですが」

「あ、あぁ。これって封印が解かれたってことか？　まずいことにならなければいいが……」

ルイ様と顔を見合わせて苦笑する。

――ようやくオルタ国から帰国するという日に、今度はとんでもない大物を呼び起こしてしまったようね。

「この子、どうしましょうか？」

「……仕方ない。とりあえず、リカルド殿下に報告してから、一緒に連れて帰る方向で考えるしかないな。バングルは外れないのだし、闇の精霊王が育てろと言ったのは、おそらくこのドラゴンのことだろうから」

「えぇ。……とりあえず、これからよろしくね」

　困惑する私たちをよそに、未だドラゴンは私の首元で眠り続けている。その頭にそっと指を添えて撫でつけた。

　すると、ドラゴンは寝ながらも、指に頭を寄せてきた。

「このままこの子を連れていては、騒がれる可能性があります。どうにか隠せればいいのですが……きゃっ！」

　私がそう言うと、ドラゴンは『キュー』と鳴き声を上げながら、緑色の光を放った。その光に驚くと、隣にいたルイ様が目を見開いて私の手を取った。

「……消えた」

「えっ？」

「ドラゴンが……このバングルの中に」

　――バングルの中に消えた？　それはどういうことだろう。

「ドラゴンの体が緑の光を放ったあと、バングルに吸い込まれるように、消えていった……」

「な、なぜ。封印は解かれたのですよね」

私が封印を解いたことで、ドラゴンが出現したはずだ。再び封印するような何かをした覚えはない。

ルイ様はしばらく考え込むように、口元に手を当てた。

「もしかしたら、このドラゴンはラシェルの言葉を理解しているのかもしれない」

「どういうことですか？」

「ラシェルが隠したいと言ったから、自らの体をバングルへと戻したのではないだろうか」

「そんなことが可能なのですか？」

もし、それが本当ならば、封印されていた場所に自らの意思で戻ったのだろうか。

困惑しながら驚く私に、ルイ様は首を捻った。

「いや、分からない。だが、もしかすると想像以上に、このドラゴンは君に懐いているのかもしれない」

「不思議、ですね」

戸惑う私に、ルイ様は困ったように眉を下げた。

「君は本当に凄いな。私の知らない世界に次々と連れていってくれる。闇の精霊に、並行世界、そして今度はドラゴン」

「ご迷惑をおかけして……」

いつだって私のせいで、ルイ様を巻き込んでしまっている。申し訳なく頭を下げるのを制するように、ルイ様は私の両肩を掴んだ。

そっと顔を上げると、楽しそうに目を細めて笑うルイ様の姿があった。

「ルイ様？」

「いや、違うんだ。君と一緒にいると、一瞬も目が離せないってことだよ」

愛情を正面から伝えてくれるような、キラキラと輝くルイ様の瞳に、思わず吸い込まれそうになる。

自然と熱を持つ頬を隠す術もない。ルイ様は私の頬に手を添えると、目線を合わせるためにしゃがみながら顔を寄せた。

「だから、これからも私に君を守らせてくれるね？　もちろん、これは確定事項だけど」

「ルイ様……。もちろん、ずっと一緒にいてください」

どこまでも優しく包み込んでくれるルイ様に、私はありったけの想いを込めながら、頷いた。

すると、ルイ様は嬉しそうに目元を赤くしながら破顔した。

外伝　無能王妃と呼ばれたオーレリア

物心ついた頃から、王宮という狭い箱庭の世界が私の全てだった。

「オーレリア、走ってはいけませんよ。外に出るのもいけないわ。体によくないの。それがあなたのためなのだから」

優しく美しい母は、生まれつき小さくて体の弱い私を過保護に育てた。広い庭園を走り回る兄弟たちを窓から眺めながら、何度も何度も同じ絵本を読み返した。

塔に閉じ込められたお姫様を、王子様が助けるお話。絵本の中で、お姫様と王子様は、2人で世界中を旅して幸せに暮らす。

いつだったか、そのお姫様の姿が私によく似ていると、母が言ったことがあった。それからその本は、私の何より大事なお気に入りになった。

だけど、そんな母は私が8歳になると、夜中に私を眺めては何度も「可哀想」と呟いて泣いていた。

なぜ母が私を見て泣くのか分からなかった。

だけど、家族の中で私が劣っていることはよく知っていた。兄が、姉が、父が、何度も何度も私にそう気づかせたから。

「オーレリア、お前は何をやらせても下手くそだな。お前が持っているものなんて、人形のような顔だけだろう？」

「あなたがなぜ、私たちと同じように学べないのか分かる？　オーレリアはバカなままでいいんですって。お父様が仰っていたわ」

「オーレリア、お前は魔術を学ぶ必要はない。あっちに行っていなさい」

いつだってそうだった。私は誰にとっても、使えない人間で、無能で、最初から諦められた存在。過保護な母でさえ、私を褒めることはなかった。

だから、自分が誰かより秀でているなんて幻想を持ったことも、特別だと感じたこともない。

誰かに認められたいと願いながらも、それが叶うことはなかった。

ジョアンナに出会うまでは。

「オーレリア様、一緒に遊びましょう。あっ、またその物語を読んでいるのですね。よっぽどお気に入りなのですね」

そう言って、私に春の陽気のような温かな微笑みを向けてくれたのは、お兄様の想い人であるジョアンナだった。

一番上の兄はジョアンナと会う際、母の許可を取って私を伴うことが多かった。普段は外に

出る機会もなかったが、兄が頼めば母は仕方ないという表情で快諾してくれた。

ひとえに、母にとって、しっかり者の兄は絶対的な存在だった。兄弟の中でも、兄は異質だったからだ。

私と違い、幼い頃から優秀で、両親から一身に期待を注がれていた。私だったらその期待に押し潰されていただろう。だけど、兄は違った。

「オーレリア、他人と比べたところでどうなる。自分は自分にしかなれないのだから。自分さえぶれることがなければ、大義は成し遂げられるはずだ」

私にとって兄は不思議な人だった。難しいことを言いながら、キラキラとした目で未来や自分、夢を語る。

私にそんな生き方はできないし、それを求められることもなかった。不思議そうに話を聞く私の頭を撫でながら、

「自分のやりたいことが見つからないのなら、私がお前の未来を作ってやる。だから、安心しなさい」

そう言って目を細めた。

――あぁ、やっぱりお兄様は凄い人だ。

頑固《がんこ》とも言えるほどに自分を持つ兄は、私にとって憧れだった。

そんな兄が、兄弟の中でさしたる才能も能力もない私に目をかけたのは、ジョアンナの存在があったからに他ならない。

兄とジョアンナが一緒に図書館にいたところに、私はたまたま居合わせた。初めて会った時のジョアンナを、寂しそうに笑う人だな、と感じた。

元気づけてあげなければと手を握った私に、ジョアンナは酷く驚いたようだった。だが、すぐに美しい笑みを浮かべながら、小さな私と目線が合うように、しゃがみ込んでくれた。

そんな様子を見ていた兄は、ジョアンナが私を気に入ったと感じたのだろう。以前よりも私への関心を高めたようだった。

兄弟の中で唯一、意地悪なことも馬鹿にすることもしない兄は、私にとって救いの存在だ。

もちろん、いつだって姉よりも優しいジョアンナのことも私は大好きだった。

「ジョー、なぜ私は王女なのに、魔力も弱くて何もできないのかしら。お兄様もお姉様もみんな馬鹿にしてくるの」

「そんなことはありませんよ。オーレリア様はオーレリア様ですもの。他の誰かと比べる必要なんてありません」

皆、私が王女として足りないと叱責《しっせき》するばかりだったのに。ジョアンナは、いつだって私を肯定してくれた。ジョアンナだけは、私のことを王女ではなく、１人の人間として見てくれるのかもしれない。そんな期待を抱いた。

それから私は、さらにジョアンナに懐いた。兄はジョアンナのことを好きで、ジョアンナも兄を好いている。あの2人が結婚したら、私はこの大きくて虚しさしかない城の中で、寂しくなくなるかもしれない。

そう思うと、この狭い世界を前ほど嫌いだとは思わなくなっていた。

だが、未来は自分が想像したものとは、全く違うほうへと変化していった。


「私が……結婚、ですか？」

それは、私の婚姻の話だった。兄から聞かされた結婚相手とは、一回りも年上の、デュトワ国の国王陛下だった。

——なぜ私が……。

私の上には、2人の優秀な姉がいる。彼女たちのほうがよっぽど王妃に向いているというのに。なぜ私が選ばれたのだろう……。

「お前が一番適任なんだ。引き受けてくれるね」

兄は私が断るだなんて、一切考えていないようだった。私が承諾《しょうだく》するものと当たり前のように考え、決定事項だと言わんばかりに告げた。

確かによくよく考えてみれば、今年14歳になる私に、婚約の話が起こることは今まで一度もなかった。

冷静になって考えると、姉たちは10歳の頃には、それぞれ婚約者が決まっていたというのに。それを疑問に思わないほど、政治的なことや恋愛ごとに対して、私はあまりに疎かったのだろう。

「……本当に私で大丈夫でしょうか？」

デュトワ国の国王陛下に嫁ぐということは、王妃になるということだ。今まで大した教育もされず、季節の変わり目には必ず体調を崩すような私に務まるとは到底思えない。

だが、問いかけると、兄は私の両肩をしっかりと掴んで大きく頷いた。

「あぁ、もちろん。オーレリアで大丈夫、というより、こんなに重要な役目は、お前だからこそ任せることができるんだ」

「ですが……私は何もできません」

「大丈夫。デュトワ国へ嫁ぐのは、お前が16歳になってからだ。あと2年もある」

「いえ、2年しかない、ではないですか。私……自信がありません」

「最初から何でもできる人間など、どこにもいないよ。お前は心優しい子だ。きっと国民に愛される、素晴らしい王妃になるだろう」

――私が……愛される？　本当だろうか。

「この結婚は、国同士の繋がりをただ求める安っぽい関係ではない。今後の両国を繋ぐ重要な役割なんだ。そのためには、私が最も信頼する者でなければ務まらない。その者とは、親愛なる私の妹、オーレリア。君しかいない」

――最も信頼する……。

憧れの兄からここまで言われたのだ。兄に対し、私はそれ以上何も言えず、口を噤む以外はできなかった。

それにその場には、一番上の兄だけでなく、私にいつも嫌味を言っていた兄や姉たちもいた。皆が優しい笑みを浮かべ、口々に「オーレリアしかいない」と言って励ましてくれた。

それが異様だと気づかなかったわけではない。

けれど、かつて兄姉たちにここまで認められたことが、私にあっただろうか。姉ではなく私が選ばれた。その事実に、私は怪しむよりも、まず喜びのほうを先に抱いた。

私の婚姻を喜ばなかったのは、唯一母だけだった。母はこの話を聞いてすぐに、泣き暮らしては憔悴《しょうすい》していった。

「あぁ、ついにこの時が来てしまったのね。私はあなたを気品ある王女に育てたかったのに……。あなたを道具のように育てるつもりなどなかったのに。デュトワと同盟を結ぶための人質のように……」

私がいるのも気づかず、うわ言のようにポツポツと呟き続ける母の言葉を、理解できなかった。

だって、理解しようとすればするほど、オルタ国の内情を詳しく教えられずに育てられたことも、必要最低限しか社交界に出られなかったことも、魔術も大して習えなかったことも、どれもが1つの意味を持ってしまうから。

――最初から、政略結婚のために、無能な王女を人質として差し出すつもりだったの？　私がオルタ国の内情をバラすことがないように、体の弱さや魔力の少なさを理由に、最低限の教育しか受けさせなかったの？

……いつから私は、何かあればすぐに消せる存在として育てられていたの？

嫁ぐ日が近づけば近づくほど、母の悲痛な声が耳に入れば入るほど、私の中でモヤモヤとした黒い闇が大きく育っていった。

――ダメ、考えてはダメ。それを考えたら、私の存在する意味なんてないじゃない。同盟国とは名ばかりの、いつ破棄されて以前のように敵対関係になるか分からないような、そんな場所に送られる私の意味が……。

だからお姉様ではダメだったんだ。だから私が選ばれたんだ。

頭のどこかでは、冷静にそう捉えていた。けれど、私はそれを打ち消すように、いつもバカみたいな微笑みを浮かべた。

淡いピンクで揃えられた調度品が溢れる部屋の、壁に掛けられた大きな金縁の鏡。それを覗くと、私と同じ顔をした少女が綺麗に微笑んでいた。

私の心はいつだって叫びを上げて泣いているのに、鏡の中の私は涙を一粒も零すことがなかった。

いつの頃からか、どんなに辛くても不安に押し潰されようとも、私はその感情を殺し、微笑むことを覚えていた。

だって微笑んでいれば、いつだって幸せそうで、何も考えてなさそうな、お花畑にいるような人間になれるから。

そうすれば、悲しくない。寂しくない。

「……お姫様と……王子様は、幸せに……暮らしました」

いつからか、暗いことを考えそうになると、あの絵本の終わりを思い出すようになった。幸福そうな絵が描かれたラストを。

お姫様と王子様の2人が、顔を寄せ合い、手を繋ぐ。美しく優しい世界は、現実の息苦しさとは正反対の光り輝く場所だった。

そんな空想の世界に心を委ねれば、私は幸せでいられる。だから、深く考えない。考えてはいけない。

そんな時、幼い時に懐いていたジョアンナが、ボロボロの姿になっていた。

兄はジョアンナではなく、妹のミネルヴァと結婚した。ミネルヴァはジョアンナと似ていない、私の嫌いなタイプの人間だった。

ジョアンナを捨てるなんて、と兄に詰め寄った。けれど、やつれきった兄の姿を見て、それ以降は何も言えなかった。

あれほどジョアンナに執着していた兄が、ジョアンナを捨てるなんて。

「ジョー……何で……何で、こんなことに」

「オーレリア様、さらにお綺麗になられましたね」

「……ジョー、ジョアンナ……、誰があなたをこんな目に遭わせたの！」

あと少し遅ければ命を落としていたジョアンナを、兄が見つけ出したそうだ。

ボロボロの姿にもかかわらず、ジョアンナは以前と変わらない微笑みを浮かべ、骨と皮になった腕で私を抱きしめてくれた。

――私はジョアンナに何度も助けられたというのに……ジョアンナが苦しい時に何もしてあげられなかった。

今ならもしかしたら、ジョアンナに手を差し伸べられるかもしれない。

「私と一緒に来て！　この国にいたくないなら、私の侍女としてデュトワ国に行きましょう」

「でも……私は」

「この城は、とても息苦しいわ。それはデュトワに行っても変わらないかもしれない。それでも環境が変われば、新しい自分になれるかもしれない」

この気持ちは本当だった。だって、王女という立場の私には自由な結婚など許されるはずがない。ならば、生まれ育ったこの監獄《かんごく》のような場所でなく、どこでもいいから、遠くへ行きたい。

「ですが、オーレリア様は……同盟を結んだとはいえ、敵国に嫁ぐようなものだと、皆様が……」

ジョアンナの言葉に、ドキッとした。口にしたジョアンナも一緒だったのだろう。ハッと自身の唇に手を当てると、しまったとでも言いたげに顔を歪めた。

普段のジョアンナなら、そのような失言をしなかっただろう。けれど、今の不安定な心と体が、思慮深いジョアンナをそうさせてしまった。

だから、私はあえて能天気に微笑んでみせた。

「いいえ、そうではないわ。お兄様が言っていたもの。オルタとデュトワは、元々は同じ国だったと。私が嫁ぐことで、パートナーのような国の関係を作っていくのだと。そのために私が必要なのですって」

私がそう言うと、ジョアンナは悲しそうな目をした。なぜそんな顔をしたのか、私は知っている。

ジョアンナは、自分がこんなに大変な時でさえ、国を背負って嫁ぐ私の運命に同情してくれたのだ。

私は何も知らないふりをして、またいつものように微笑んだ。ジョアンナの同情心に訴えかけるように、真っ直ぐに目を合わせた。

「１人より２人のほうが心強いわ。一緒に行きましょう」

ジョアンナの細くなってしまった手を、両手でギュッと握る。――どうかお願い。私を１人にしないで。私にあなたを助けさせて。

そう願いながら。私の利己的な考えに、ジョアンナは気づいていたのかどうか。でも、目を潤ませた綺麗な笑みで頷いてくれた。

この時、私は虐《しいた》げられたジョアンナを助けた気でいた。自分にも価値があるのかもしれないと、そう思えた瞬間だった。

デュトワ国へ向かう道中の、揺れる馬車の中で、私は1冊の古い絵本を膝に載せていた。

「オーレリア様、その本はもしかして……」

「えぇ。随分と古くなったでしょう？　16歳で絵本だなんて幼稚《ようち》よね」

「いいえ、それほど大事にされているのですから、とても幸せな本ですね」

ジョアンナはやっぱり、私のことをバカにしない。いつだって優しく肯定してくれる。だから、誰にも話したことのない秘密を打ち明けようと思った。

「ジョアンナ、聞いてくれる？　私ね、この本のようなプリンセスになるのが夢なの。愛する人と沢山の子供たちに囲まれて暮らすの。もちろん夢のような話だと思っているわ」

そう、夢のような話。おとぎ話の世界であって、現実の世界ではない。

憧れだと知っているはずなのに、期待してはいけないと思っているはずなのに、絵本に挟んだ1枚の紙が、私の胸をときめかせた。

頬を染めながら視線を逸らすと、ジョアンナの笑みが漏れる音が聞こえた。

「夢などではありませんよ。オーレリア様であれば、きっと夢を現実に変えられるはずですもの」

――あぁ、やっぱりジョアンナは、いつだって私の味方でいてくれる。

ほっとしながら、絵本に挟んでいた紙を差し出した。不思議そうに覗き込んだジョアンナは、描かれたものを確認すると、「まぁ！」と嬉しそうな声を上げた。

「……ほら、見て。陛下の絵姿よ。この王子の姿によく似ているでしょう。勝手に運命のように感じているの」

真っ白な軍服を身に纏い、腰に美しい装飾の剣を差している。視線を遠くへ置いて背筋を伸ばした姿は、堂々として威厳がある。

何より、上品さと厳しさを兼ね備えたお顔は、美しく整っている。

「オーレリア様……。えぇ、本当によく似ています。金髪碧眼《きんぱつへきがん》で凛々《りり》しいところが」

「そうでしょう。まだお会いしたことはないけど、この絵姿だけが私の支えなの。……きっと素敵な方に違いないわ」

「お似合いの夫婦になれますよ」

「えぇ……そうね。きっと、そうなるわ」

そう頷いた私は、確かに希望を抱いていた。けれど、もう一方の冷静な自分は、陛下が私を好きになってくれるなんて、そんな都合のいいことは起こるはずがないと気がついていた。

だけど、そんな弱気な自分に気づかないふりをしながら、夢見る少女のふりをしながら、私は微笑みを浮かべていた。

◆◇◆◇◆

オルタ国の日々を思うと、デュトワ国はまるで天国のような場所だった。表面上は王妃として敬われ、自由を許してもらえた。

特にオルタ国に縁のある貴族たちは、私と親しくなろうと優しく対応してくれた。そんな経験など今までなかった。

だけど、社交界だけはダメだった。オルタ国でもほとんど関わらなかった貴族社会は、私にとって、体調を崩すほどのストレスだった。

いつ足を掬われるか分からない。一部の人は笑顔でいながら、敵国同様のオルタ国から来た王女を嫌悪していた。慣れない場でミスをするのではないかと、怖かった。

だけど、夫である陛下本人が、自由にさせてくれた。王妃としての仕事がしたくなければ、好きにしていい。静かな場所を好むのならば、離宮に住めばいい。無理に貴族たちと付き合わず、親しい者と仲良くすればいい。

彼は私に関心がなかったけれど、好きにしていいと言うぐらいには認めてくれているのだろうと思った。私が愛情を示していたら、いつか返してくれると信じていた。

だけど、それは独りよがりだったのだと、痛感する出来事が何度もあった。徐々に、私の自信は消え失せていった。

『彼女はオルタ国の元王女だ。王妃は無能なほうがちょうどいい。変に国政に首を突っ込むほど頭がよかったら、警戒しなければいけないからな』

大事な話をしなければと心を弾ませながら、お仕事の休息になる菓子を持っていった時、陛下が宰相にそう話しているのを聞いてしまった。

思わず菓子を落としてしまった音で、陛下は私の存在に気づいた。

一瞬、まずい……と、そんな顔を陛下は見せた。だがすぐにいつもの無表情に戻って、「何か用か」と、固い声を私に向けた。

「……休憩を一緒にいかがかと、思いまして」

「まだ忙しい。用がないのなら、あとにしてくれないか」

「あの、用ならあります！　大事なご報告が」

目線を下げ、書類に目を通し始めた陛下を必死に振り向かせようと、私にしては大きな声を出した。すると、陛下は僅かに驚いたように眉を顰めた。

「陛下……子供を身籠りました」

「……そうか」

私は陛下に、かつてないほどの重要な告白をした。冷たい言葉を聞いたあとだったから、心が乱れていないと言ったら嘘になる。だから、これ以上ないほどの勇気を振り絞って告げた言葉だった。

その時の私は、お腹に子供がいると分かったら、私と陛下の関係も一歩前に進むはずだと信じて疑わなかった。オルタ国の元王女という肩書きも、無能な王妃という悪評も、全てが好転すると夢見ていた。

けれど、陛下の反応は、私が想像していた何パターンもの姿の、どれにも当てはまらなかった。

「あの？」

まるで、大したことではないとでもいうように、陛下は私を一瞥《いちべつ》すると、すぐにまた書類へと目を戻してしまった。

呆然と立ち竦む私に、困ったように苦笑しながら、宰相が歩み寄ろうとしてくれた。だが、それを阻《はば》んだのは、陛下だった。

「用事はそれだけか」

鋭い視線は、ぐずぐずしている私にどこか苛立っているようだった。

「え……はい」

「ならば、すぐに退出するように」

まるで上司と部下。そう思いながら、それ以上その場にいる勇気も気力も失ってしまった。

一刻も早くここから逃げたい。そう思いながら、私は足早に離宮へと戻った。

◆◇◆◇◆

「ジョアンナ、陛下はこの子に興味がないのかしら」

「……お仕事が忙しいのでしょう。この国は先の戦争の痕跡がまだあちこちに残っているそうです。それに、オルタ国と同盟を結んだばかりで、大使を呼んでは、何度もやり取りをされているそうですから」

「そうよね。今はお忙しいからよね」

そう言いながら、身籠もってから陛下の訪ねてくる頻度が減ったことに、私はどこかほっとしていた。

あの人に会うと、いつだって緊張して逃げたくなる。この離宮の庭園で、ジョアンナや友人たちと会っていたほうが気が楽だった。

それに、何より今は、私は1人ではないのだから。

「あっ、お腹を蹴《け》ったわ！」

「元気な赤ちゃんなのでしょう。オーレリア様に似たら、とても愛らしい子がお生まれになることでしょうね」

――私に似たら？　こんな無能な王妃の私に？

お茶を淹れ直します、とジョアンナが席を離れると、私はいつもの微笑みを消した。そして、手にしていた編み物をテーブルに置くと、お腹に手を当ててゆっくりと摩る。

「……私に似ないで、強い子になるのよ」

この声は、お腹の子に届いただろうか。そうぼんやり考えていると、後ろからガサッと芝《しば》を踏む音がした。

慌てて振り返ると、そこにいたのは陛下だった。

「何だ、それは」

「あっ、これは……子供の靴下を編んでいます」

「靴下だと？」

「私、何をやってもほとんどうまくできないのですが、刺繍《ししゅう》や編み物は得意なのです。だから、子供のためにできることは何でもしてあげたくて」

テーブルの上へと視線を向けると、編みかけの小さな靴下。ひと編みひと編みするごとにまだ見ぬ子への気持ちが増していくようで、幸せな時間だった。

だが、陛下は眉間に皺を寄せ、険しい視線で靴下を見遣った。

「子供の靴下を？　そんなことをして、夜更《よふ》かししているわけではないだろうな」

「いえ……ちゃんと寝ています」

「……まぁ、いい。好きにしろ」

陛下は何か思うところがあったのか、ため息を吐いた。だが、私の行動に関しては、いつものように特に否定することはなかった。

「ところで、君の兄君から、最近何か連絡は来たか」

「いえ、特にはありません」

「そうか……。何かあればすぐに伝えるように」

――陛下は、私の様子を気にしてここに来てくれたわけではないのね。……お兄様が怪しい行動をとっていないか警戒しているのだわ。

陛下は時々、私に兄のことを尋ねる。兄と連絡をとっているか、手紙には何が書かれていたのか、など。そのたびに、私は陛下から信用されていないのだと痛感する。

彼にとって私は、自分の妻である前にオルタ国の王女なのだろう。私という人質の存在で成り立つ同盟関係。そこには対等性も信頼も何もない。

ズキンと痛む胸を無視しながら、いつものように何も気にしていないかのように振る舞い、微笑んだ。

「あの、宜しければ夕食をご一緒しませんか？　久しぶりにお話などしながら」

「悪いが、まだ仕事が残っている」

「……そう、ですよね。申し訳ありません」

私の言葉を最後まで聞くことなく、遠ざかっていく足音に、私は目線を足元へと下げた。溢れ出そうになる涙は、何だろう。

寂しさだろうか。それとも、どこに行っても邪魔者な自分への失望だろうか。

その時、ポコンとお腹を強く蹴り上げる振動がして、ハッと顔を上げる。

──あっ……違う。このままではダメ。私はこれから母親にならなきゃいけないのに。いつまで経っても、こんな弱いままじゃダメよね。

「大丈夫よ。私は1人じゃないものね。……あなたがいるわ」

お腹を摩りながら、声をかける。それだけで、さっきまでのモヤモヤとした感情が、吹き飛ぶような気がした。

◆◇◆◇◆

「……そうして、王子様とお姫様は幸せに暮らしました」

自室のロッキングチェアに座りながら、絵本を読む。すると、トレーに紅茶のカップを載せたジョアンナが近づいてきた。サイドテーブルにカップを置きながらふわりと微笑むジョアンナが、私の持つ絵本に目線を移した。

「読み聞かせてあげているのですね」

「ふふっ、そうよ。でも、この子はあまりこの話を好きではないのね」

「なぜそうお思いに？」

「だって絵本を読んでも反応がないもの。今のところ、一番反応するのは歴史と法律ってところね」

私の言葉に、ジョアンナは目を丸くして吹き出した。

「まさか！」

「それが本当なのよ。お伽話《とぎばなし》にも子守唄にも一切反応がないから、色んな本を読んでみたの。そうしたら、私でさえよく分からない難しい本を読むたびに、お腹をポコポコと蹴ってくるのよ」

「まぁ！　とっても利口《りこう》なお子様なのでしょうね」

「親バカかもしれないけど、私もそう思っているわ。きっと賢い子なのよ」

自信満々に答えると、ジョアンナはおかしそうに目を細めて頷いた。私も何だかとても楽しくて、笑みが漏れた。

「あとひと月もすれば、この子をこの手で抱いているのね」

「誕生が楽しみですね」

「まだ生まれてもないのに、不思議だけど、愛しくて仕方がないの。早く会いたいわ」

この時は、それでもまだ信じていたように思う。この子が生まれてきたら、沢山の愛を伝えて、王族という自由のない世界の中でも限りなく好きなことをさせようと。そして、いつだって、子供の味方でいられるような、そんな母親になりたいと。

それに、陛下だって、子供が生まれたら変わるかもしれない。今は私をオルタ国の王女と思って信じられないかもしれないけど、いつか陛下の妻として認めてくれるかもしれない。

そうすれば、きっと素敵な家族になれる。

そんな風に、夢見ていた。

◆◇◆◇◆

寒い冬が過ぎ、花が咲き始める頃、私は産気《さんけ》づいた。

初産《ういざん》だったこともあり、出産まで長い時間の陣痛と戦った。我が子を抱く瞬間への期待だけが、痛みと苦しみで奪われていく気力を繋ぎ止めた。

暗かった夜空に、僅かに朝日が差し込む頃、大きな産声《うぶごえ》が部屋に響き渡った。一瞬の間のあと、侍女や助産師たちが沸く声が聞こえる。

朦朧《もうろう》と霞《かす》む意識の中で、必死に手を伸ばす。

「子供は……私の赤ちゃんは……」

私の枯れた声は、歓喜に沸く声に掻き消された。

「王子です！　すぐに陛下にご連絡を」

「乳母をすぐに呼んで。この子……いえ、王太子殿下には、国の決まり通り、王太子としての待遇《たいぐう》を」

「ねぇ、どこにいるの？　ここに連れてきて。ねぇ、ねぇ……私の子は……」

力の入らない手を必死に持ち上げ、うまく口が回らない声で叫ぶ。けれど侍女たちは、私を労いながら、乱れた寝衣《しんい》やベッドの周囲をテキパキと綺麗にしていく。

「王妃様、教育係が参りました」

侍女の声がするほうへと視線だけを動かす。すると、きっちりとした服を着た中年の女性が、恭しく私に頭を下げた。

「王妃様、よくぞ務めを果たされました。次代の誕生です」

「そんなことはいいから、早く」

「殿下は陛下の第一子です。王妃様のご子息である前に、国の王となる方なのです。ですから、あらかじめ陛下から指名された私たち教育係と乳母が大事に育てていきます。ご心配なさらず、ゆっくりと体をお休めください」

今にも途切れそうな意識の中で、私の叫びを誰も聞かず、タオルに巻かれた赤ちゃんを侍女が大事そうに抱えながら、女性に渡しているのが見えた。

——なぜ、どこに連れていくの？

「連れて……いかないで……お願い、返して」

——返して！　返してよ、私の赤ちゃん！

その声は届くことなく、私の視界は真っ暗になった。


再び目を覚ましたのは、それから2日後のことだった。子供に会いたいと何度願い出ても、産後の肥立《ひだ》ちが悪いことを理由に断られた。

数カ月が経ち体調が戻ったあと、ようやくルイと一緒に過ごせると喜んだ。だが、そんな喜びも束の間、再び私はどん底に突き落とされることになった。

というのも、王太子は赤子の時から自立心を養うため、母親と一緒に過ごすことはないと告げられたからだった。時折会うことは可能だが、一緒の部屋で寝ることとさえ叶わない。

僅かな時間を一緒に過ごしただけでも離れ難いのに、私に他人のような目を向け、信頼しきった顔で乳母を見つめるルイを目前にして、私の心は折れてしまった。

そして、アルベリクを初めて抱っこした日、再び後悔の念が押し寄せた。こんなに小さくてか弱い存在だったのに、私はあの子を一度も抱くことがなかった。小さい手で必死に私の指を掴んで離さない。そんな日が、ルイにもあったというのに。

そう気づいてからというもの、より一層、ルイの視線が怖くなった。私はとんでもない間違いを犯したと。こんな母親、ルイに嫌われて当然じゃないかと。

私を憎むルイの目や拒む手を、想像するだけで耐えられなかった。だから……逃げたのだ。

——弱い自分を捨てようとしたのに。ルイのいい母親になると決めていたのに。……なぜ私はまた逃げてしまったのだろう。

ルイへの罪悪感から逃れるように、私はアルベリクや他の子供たちに目いっぱい愛情を注ぎ込んだ。そのことでさらに溝が深まることを分かっていても。

それでも、遠くからずっとルイを見続け、想い続けた。それが自己満足であることなど重々承知で。

◆◇◆◇◆

今日はいやにあの日のことを思い出す。ルイが生まれてきてくれた日を。あの日、私がもっと大きな声を出して、あの子を抱っこしていれば何か変わっただろうか。

それとも、人見知りして泣かれようが、何度だって諦めずに時間の許す限り会いに行けば、違った今があったのだろうか。

——そんなことを考えても、もう遅いのに。

それでも、ルイが重傷を負ったと聞いて慌てて向かった祖国で、私はルイと話すことができた。あの日初めて、私はルイをしっかりと見ることができた気がする。ルイもまた、初めて私を見てくれたのではないか。

……いいえ、もしかすると私が知らないだけで、幼い頃に私を見ていた時もあったのかもしれない。

それを私が、自分が傷つくのを恐れて、ルイの視線から目を背けていたのかもしれない。

「母上は、帰国の準備をしないのですか？　あまりお好きではないのでしょう？　ご自分の生まれ育った国が。兄上たちは今日、帰国するそうです。私もすぐにあとを追うつもりです」

窓際に立って外を眺めていたアルベリクが、こちらを振り返る。

「……そう」

「兄上と話した日から、ずっと考え込んでいますね。どうかされたのですか」

本当にこの子は、昔から人の機微《きび》に聡《さと》い子だ。本当なら自分も帰る準備をしなければならないのに、オルタ国にいる間は、毎日私を訪ねてきていた。

そっけないふりをしていても、いつだって優しい。けれど、だからといってアルベリクに甘えてはいけないことも重々承知だ。

いつの間にか自分の手を離れて、子供は育っていくものだから。母親にできることといえば、いつか離れるのでもその背を押して、応援していくぐらいなのだろう。

……ルイに関しては、親に頼らずとも1人で立ち上がる強さを、自らの手で掴み取ったようだが。

「どちらが親なのか、もはや分からないわね」

「兄上のことですか？　兄上はそう生きていくことを選んだ方ですから」

「……そうしなければ生きられないように、私たちがしてしまったのよ」

「どうでしょうかね。確かに母上も父上も、親としてもっと違った関わり方があったのかもしれません。ですが、今、兄上は不幸そうに見えますか？　違いますよね。過去の兄上があったからこそ、今があるのです。それを、可哀想なことをしたなどと、同情して見るほうがよっぽど失礼かと」

アルベリクの言葉にハッとする。

可哀想……？　その言葉は、私が母からよく言われていた言葉だ。知らず知らずのうちに、私は母と同じ思考をしていたのだろうか。

「兄上は今、間違いなく幸せだと思いますよ。自分のしたいことがあって、夢があって、守るべきものがある。兄上は過去にこだわるような人ではありません。常に前へ前へと進む人ですから」

アルベリクの言葉に、ルイとラシェルさんに会った時のことを思い出す。ラシェルさんはルイの言葉を常に聞き、ルイのしたいことを支持していた。その姿に、いかにラシェルさんがルイを想ってくれているかが分かり、私は嬉しくなった。

ルイもまた、ラシェルさんといると心穏やかで安心感があるのだろう。幼い頃からこっそりと様子を見てきたからこそ、私はその変化に驚いた。

「私が何かしなくても、子供は成長していくものなのね」

「目を離したところで、兄上は遠くへ進むばかりですよ。……母上も、そろそろ後ろばかり振り返るのをやめたらどうですか」

――後ろばかり……アルベリクには、私がそう見えるのね。

そういえば、ルイが私に言ってくれた言葉があった。

「世界は私が思っているよりも広いそうよ。……どういう意味かしらね」

「兄上がそう言ったのですか？」

「ええ。もっと視野を広げろと言いたいのかしら」

狭い世界でしか生きてこなかった私に対して、自分のやることから目を背けるなという意味だったのだろう。

だが、私の言葉にアルベリクはため息を吐いた。

「兄上も難儀《なんぎ》な性格をしていますからね。そう言ったところで母上には伝わらないだろうに」

「アルベリク、どういう意味？」

「つまり。……臆病な依存型」

「それって私のこと？」

「もちろん。母上は無能な王妃と呼ばれたままでいたいのですか？」

アルベリクの強い視線に、私は目を逸らすことができず、ただ言葉を失った。

こんなにも直接、私にそう言う人などいなかった。だから、傷つくより驚きのほうが優っていた。

「そう呼ばれていることは、あなたが一番知っているのでしょう？」

「嫌だと思っても、私にはどうすることもできないわ。できていたなら、ジョアンナのこともルイのことも、逃げずにちゃんと向き合っていた。それができなかったから、こんなことになってしまったわ」

力なく笑うと、アルベリクは眉をぴくりと動かして首に手を当てた。

その表情は、アルベリクが私に呆れている時にするもので、きっと今の私の返答では不十分だと言いたいのだろう。

「では、ちゃんと兄上の言葉に向き合ってみてください」

「視野を広げろ？」

「違います。それは兄上の言葉を母上が勝手に解釈したものでしょう」

「私が勝手に？　でも……」

「世界は広い。母上が思っているよりもずっと」

アルベリクは、凛とした声で私に告げた。ルイの声より僅かに低いアルベリクの声は、ルイとはまた違う響きを持つ。

思わずその声に聞き入りながら、呆然とアルベリクを見つめた。

「何かを成し遂げるような人間に、全ての人がなれるわけではありません。あなたはオルタ国の王女の中で、唯一闇の魔力を感知できず、闇の精霊と触れてきませんでした。それはなぜだと？」

「なぜそのようなことを考えなくてはいけないの」

思わず耳を塞ぎ、目を逸らしたくなる質問に、私は首を振る。いつものアルベリクであれば、そんな私に呆れながらも、仕方ないですね、とため息を吐くだけだっただろう。

だけど、今日のアルベリクは、私が逃げることを許さなかった。

「いいから答えてください」

有無を言わさぬ物言い、存在感に、アルベリクもまた陛下の子なのだと実感する。

きっとルイが私と向き合う選択をしなければ、アルベリクはここまで私を正そうとはしなかっただろう。ルイの選択でアルベリクが変わった。

となれば、次に変わるべきは私しかいない。

逃げて目を背けるのは、終わりにしなければいけない。

手に持ったハンカチをギュッと握りしめながら、目を閉じる。

「私が……生まれながらに、兄姉よりも……劣っていたから」

ポツリと呟いた言葉から、堰《せき》を切ったように、己のうちに仕舞い込んでいた気持ちがスルスルと溢れ出た。

「私は元々の能力が低いから、デュトワ国に嫁がせる王女としてちょうどよかったのです。だから私だけが、王女として碌《ろく》に社交界に出ることもなく、闇の精霊についても教えられず、無能なままで嫁がされた」

自分で言葉にすれば、おしまいだと思っていた。自分の価値を明らかにし、自分の無能さを自分で認めてしまったら、全てが崩れてしまうと思っていた。

だけど、違う。

言葉にしたら、悔しさが溢れ出した。

私はきっと、デュトワ国の人質になるために、あえて何も与えられなかったんだ。いずれ人質となることを知っていたから、母は可哀想だと泣いた。

闇の精霊について詳しいと、国の秘密をバラすことになりかねないから、魔術も碌に教わらなかった。

陛下もまた、オルタ国から来た私という異質な存在が、国に影響することを恐れた。綺麗な人形ぐらいでいてくれることを望んだのだ。

——だって、それぐらいがいい。皆が、私に望んだのは……。

「無能であるほど使い勝手がちょうどいいから」

そう、私は最初から無能だったのではない。幼い頃からずっと、無能であることを求められていた。可愛く綺麗な人形として、微笑んでいることだけを求められた。

それが、私という人間の生き方。

溢れる言葉を吐き切ったあと、顔を上げると、どこかスッキリとした顔をしたアルベリクの姿があった。

「……あなたは驚かないのね」

「当たり前です。あなたに育てられましたから」

その言葉に、自然と目頭が熱くなる。誰も見てくれていないと思っていたが、私のことをちゃんと見てくれる人がいたんだ。

甘えん坊の弟妹とは違い、アルベリクはどこか一歩下がって1人を好んでいた。家族のことを一番よく見ている子だ。その子が、私のこともまた、見ていてくれた。

「母上は私に、好きなことをとことん極めていいと教えてくれました。母上も、少しは好きに生きてみたらどうですか？」

なぜだろう。先程、溜めに溜めてきた思いを吐き出したせいなのか。それとも、好きに生きろだなんて、初めて言われたからだろうか。

今ようやく、あの時のルイの言葉がストンと胸に落ちた。

「……ありがとう、アルベリク」

そうか。ルイは、アルベリクと同じことを伝えようとしてくれていたのだ。世界は広い。自分の気持ちに正直になり、恐れずに外に目を向けるべきだと。

窓から青空が見える。この部屋は、私が幼い頃から使っていた部屋だ。外に出ることを禁じられた私が、この窓から空を眺めた時間は、数えきれないほどだ。

だというのに、こんなにも空が広く遠く大きいものだなんて、今初めて気がついた。

ふと、自分の深層に隠れていた想いが、表に出る。

「今から学び直すなんて……さすがに遅いかしら」

ポツリと呟いた声に、アルベリクはフッと笑みを零した。

「……王妃としては遅いかもしれませんね。ですが、学ぶのに遅いことなど何ひとつありません」

アルベリクの言葉にホッと胸を撫で下ろす。

好きに生きるだなんて考えたこともなかった私は、いざ好きにしようと思っても、どうしたらいいのか分からなかった。趣味も特技もない、自分は何に興味があるのかなんて、さらに理解できない。

でも、もし本当に私が好きにしてもいいのなら……。

「やりたいことがあるの」

主張なんて碌にしたことのない私は、やりたいことがあると自らの口で言うのも、何だか躊躇われた。けれど、口にしてしまえば、どこかスッキリとした気分だ。

「やりたいことがあるなんて宣言を、自分で口にするのは変な感じね」

「なぜですか？」

「だって……。いつも、お前は何がしたいんだと聞かれていたから……。だから、自分から言うだなんて……」

――そう。いつも私は、自分の意見を言わずに、黙って微笑むばかりだった。それを見かねて、彼は不機嫌そうに私に尋ねていたんだ。

その時、陛下の顔が思い浮かんだ。

いつも不機嫌そうで、ニコリとも笑わない陛下。だが、モダモダと行動が遅く自分の意見さえハッキリと言えない私に、何がしたいのか、何をしているのか、と彼がよく尋ねていたことを思い出す。

――そうか。陛下は、私を……いえ、オルタ国の動向を気にはしていたけど、私の好きなことを一切止めなかった。バカにすることもなかった。

私が、陛下を気にして言わなかっただけで、陛下は私が話せば一応は聞いてくれていた。無視することもなかった。

もしかしたら、もっとしっかりとぶつかっていたら、陛下は私と向き合ってくれたのかもしれない。

ふと、デュトワ国を出る前に交わした陛下の言葉を思い出す。

『好きにすればいい。……だが、君は体が強くない。無理はするな』

今回のオルタへの長旅では、本当に行くのかと珍しく何度も尋ねられ、最後は送り出してくれた。

最近の陛下は、昔に比べると少し変わった。多分その変化は、ルイとラシェルさんの婚約を認めてから。

威圧感もそっけなさも変わりないが、たびたび私の元を訪ねるようになった。そして、不便はないか、体調はどうだ、と一言二言交わして、仕事へと戻っていく。

そんな様子を思い返すと……もしかしたら、私は少し陛下について思い違いをしていたのではないか。

いつだって、彼は私の体調を気にかけてくれていた。無理をしないようにと。ただ、私のほうが勝手に陛下に委縮して、彼の不器用さを理解できていなかったのかもしれない。

――もしかすると、陛下もアルベリクと同じように、好きなことを自由にしろと常に言ってくれていたのかもしれない。

それを私が理解していなかっただけで。

「この狭い世界の中でも、自由はあるものよね。……私がそれに気がつかなかっただけで」

「もちろんです。ですが……くれぐれも、暴走はしないでくださいね。母上と兄上はよく似ていますから」

――ルイと私が似てる？

「……顔が？」

「ふっ、確かに一見穏やかそうな見た目は似ていますね。……ですが、内面の話です」

「内面でルイと似ているところなんて、一切思いつかないわ」

親バカでなく、本当にルイは私の子供とは思えないほどできた子だ。聡明で常に冷静なルイと、いつも自信がなく内向的な私とでは比べようもない。

だが、アルベリクは穏やかな顔をして首を横に振った。

「果てしなく、愛情深いところが」

「愛情……深い？」

「ご存知ではありませんでしたか？　愛する者のためなら身を犠牲にしそうな危うさを、母上にも兄上にも感じます。母上がやりたいと言っていることも、きっと自分のためというわけではないのでは？」

ニヤリと笑うアルベリクに、私は首を傾げる。

「私のやりたいことが分かっているみたいな口ぶりね」

「いえ、想像できても、母上が口にしなければ分かりません。ですが多分、兄上とラシェル嬢のために、動くつもりなのでしょう？」

その言葉に、思わず笑みが漏れた。

「本当に、あなたは人をよく見ている子ね」

「人も植物もよく観察することが好きなだけですから。それで……私の予想は当たっていましたか？」

その答えに、私はあえて唇に人差し指を当てた。そんな私に、

「内緒ですか」

とアルベリクは肩を竦めて笑った。

まだ自分に何ができるか分からない。自分の行動が、本当にあの子たちにとっていい影響になるのかも分からない。

けれど、私は彼らが……次代の子たちが、私と同じ苦しみを味わうことなく過ごしてほしい。

その土台を作ることこそが、私のやりたいこと。

「まだ話せることなんて何もないわ。だけど夢を語るとするならば……」

子供と暮らせないなんて古臭いしきたりに異を唱えることができず、流されてばかりだった人生を変えるなら、今しかない。

「私の夢は、家族の幸せよ」

「家族の幸せですか。……母上らしいですね」

私の言葉に、アルベリクは目を見開いた。そして、目を伏せながら微笑んだ。

あとがき

蒼伊です。再びご挨拶ができること、とても嬉しく思います。

この度は『逆行した悪役令嬢は、なぜか魔力を失ったので深窓の令嬢になります6』をお手にとっていただきまして、誠にありがとうございます。

ラシェルの死の真相に迫った6巻、楽しんで読んでいただけたら、とても嬉しいです。

6巻はラシェルとルイが想い合っているからこそ、すれ違ってしまいます。それでも、かつてのルイであれば、悩んだとしても自分の中で完結していたのかもしれません。それを、ラシェルにさらけ出せるようになったことも、大きな変化かと思います。

全く違う価値観で生きてきた2人が、互いを理解していくためには、時に衝突もあるかと思います。きっとそんな出来事がまた、2人の距離を縮めていってくれるのだと思います。

また、ルイの変化だけでなく、ラシェルも更に変化したポイントがあります。それは、ラシェルがずっと願ってきた強くなりたい、という思いです。一度失った自信を、今度は努力により取り戻したことは、ラシェルにとって確かな力になったのだと感じます。

ルイの母であるオーレリアは、実はずっと早く登場させたいと思っていたのです。1巻、ルイの幼少期の外伝にも少しだけ登場しているのですが、本編には初登場になります。

ルイを知る上でもオーレリアの存在は大きいと思うので、今回オーレリア視点での外伝を書くことができて、個人的にとても嬉しかったです。

そして、イラストは引き続きＲＡＨＷＩＡ様に担当していただき、感謝と感動でいっぱいです。６巻ではラシェルのドレスがチェンジし、大人っぽく透明感のあるものになっています。細部まで美麗で、繊細なデザインにとても感動しました。

ＲＡＨＷＩＡ様の美しい挿絵は、表情豊かでとても華やかで、時に切なく時に胸が温かくなる、美しい世界へと惹き込まれます。本当にありがとうございます。

また、いつも優しく支えてくださる担当様、ツギクルブックス編集部の方々、そして出版に携わってくださった全ての皆様に深く感謝申し上げます。

最後に、この本を手にとりお読みくださった読者様に最大級の感謝を。

本当にありがとうございます。

２０２３年６月　蒼伊

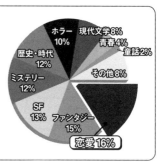

ルーランド伯爵家の長女マリアンヌは、リック・ルーランド伯爵が出征している間に生まれた上に、父親にも母親にも無い色味を持っていたため、その出自を疑われていた。伯爵に不貞と決めつけられ、心を病んでしまう母親。マリアンヌは孤独と共に生きるしかなくなる。伯爵の愛人がその息子と娘を連れて後妻に入り、マリアンヌは寄宿学校に追いやられる。卒業して家に戻ったマリアンヌを待っていたのは、父が結んできたルドルフ・ワンド侯爵との契約結婚だった。
白い結婚大歓迎！　旦那様は恋人様とどうぞ仲良くお暮らしくださいませ！
やっと自分の居場所を確保したマリアンヌは、友人達の力を借りて運命を切り開く。

定価1,320円（本体1,200円＋税10%）　978-4-8156-2224-4

ツギクルブックス　https://books.tugikuru.jp/

異世界村長
著 七城
イラスト しあびす
おっさん、異世界へボッチ転移！
職業「村長」で村づくり始めました！

職業は……村長?　それにスキルが『村』ってどういうこと?

そもそも周りに人がいないんですけど……。

ある日、大規模な異世界転移に巻き込まれた日本人たち。主人公もその一人だった。森の中にボッチ転移だけど……なぜか自宅もついてきた!?やがて日も暮れだした頃、森から2人の日本人がやってきて、紆余曲折を経て村長としての生活が始まる。

ヤバそうな日本人集団からの襲撃や現地人との交流、やがて広がっていく村の開拓物語。

村人以外には割と容赦ない、異世界ファンタジー好きのおっさんが繰り広げる
異世界村長ライフが今、はじまる!


定価1,320円（本体1,200円＋税10%）　ISBN 978-4-8156-2225-1

お荷物令嬢は覚醒して王国の民を守りたい！
2
著・暮田呉子
イラスト・woonak
従順なお嬢様は卒業です！
第10回
ネット小説大賞
受賞作！
優れた婚約者の隣にいるのは平凡な自分――。
ヘルミーナは社交界で、一族の英雄と称された婚約者の
「お荷物」として扱われてきた。
婚約者に庇ってもらったことは一度もない。
それどころか、彼は周囲から同情されることに酔いしれ、
ヘルミーナには従順であることを求めた。
そんなある日、パーティーに参加すると秘められた才能が開花して……。
逆境を乗り越えて人生をやりなおすハッピーエンドファンタジー、開幕！
定価1,320円（本体1,200円＋税10％）　ISBN978-4-8156-1717-2

元婚約者の皇太子と、浮気相手の聖女に嵌められ断罪されたイリス・タランチュランは、
冷たい牢獄の中で処刑の日が刻一刻と迫るだけの絶望に満ちた日々を送っていた。しかしある日、
夢の中で白いウサギの神様に「やっぱり君を聖女にする」と告げられる。目を覚ますとイリスの瞳は、
聖女の証である「ルビー眼」に変化していた。
イリスは牢獄で知り合った隣国の大公子と聖女の身分を利用し、自身の立場を逆転していく！

元悪役令嬢の華麗なる大逆転劇、ここに開幕！

定価1,320円（本体1,200円＋税10％）　ISBN 978-4-8156-1916-9

ツギクルブックス　https://books.tugikuru.jp/

精霊王オルフェンに創造されたこの世界で、唯一精霊の加護を授からなかったディアン。落ちこぼれと呼ばれる彼とは対照的に、妹は精霊に嫁ぐ名誉を賜った乙女。だが、我が儘ばかりで周囲に甘やかされる妹に不安を募らせていたある日、ディアンは自分の成績が父によって改ざんされていた事を知る。「全てはディアンのためだった」とは納得できずに家を飛び出し、魔物に襲われた彼を助けたのは……不審点しかない男と一匹の狼だった。

これは、他者の欲望に振り回され続けた青年と、彼と旅を続けることになったおっさんが結ばれるまでの物語である。

定価1,320円（本体1,200円＋税10％）　ISBN 978-4-8156-2154-4

おっさん（3歳）の冒険。

著 ぐう鱈
イラスト 高瀬コウ
異世界転生したら3歳児になってたのでやりたい放題します！

異世界はでっかい遊び場です！

「中の人がおじさんでも、怖かったら泣くのです！　だって3歳児なので！」

若くして一流企業の課長を務めていた主人公は、気が付くと異世界で幼児に転生していた。

しかも、この世界では転生者が嫌われ者として扱われている。

自分の素性を明かすこともできず、チート能力を誤魔化しながら生活していると、
元の世界の親友が現れて……。

愛されることに飢えていたおっさんが幼児となって異世界を楽しむ物語。

定価1,320円（本体1,200円＋税10%）　ISBN978-4-8156-2104-9

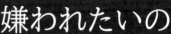

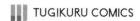

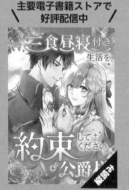

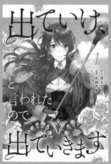

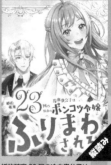

ツギクルブックス

愛読者アンケートに回答してカバーイラストをダウンロード！


愛読者アンケートや本書に関するご意見、蒼伊先生、RAHWIA先生へのファンレターは、下記のURLまたは右のQRコードよりアクセスしてください。

アンケートにご回答いただくとカバーイラストの画像データがダウンロードできますので、壁紙などでご使用ください。

https://books.tugikuru.jp/q/202307/gyakkouakuyaku6.html

本書は、「小説家になろう」（https://syosetu.com/）に掲載された作品を加筆・改稿のうえ書籍化したものです。

逆行《ぎゃっこう》した悪役令嬢《あくやくれいじょう》は、なぜか魔力《まりょく》を失《うしな》ったので深窓《しんそう》の令嬢《れいじょう》になります6

2023年７月25日　初版第1刷発行

著者　蒼伊《あおい》

発行人　宇草 亮
発行所　ツギクル株式会社
〒106-0032　東京都港区六本木2-4-5
TEL 03-5549-1184
発売元　SBクリエイティブ株式会社
〒106-0032　東京都港区六本木2-4-5
TEL 03-5549-1201

イラスト　RAHWIA
装丁　株式会社エストール

印刷・製本　中央精版印刷株式会社

定価はカバーに表示してあります。

乱丁本、落丁本はお取り替えいたします。

ISBN978-4-8156-2259-6
Printed in Japan